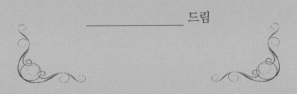

소중한 _____님께

한 편의 시가 반짝이는 보석처럼 소중한

인생의 길잡이가 되기를 바랍니다

_____ 드림

장석주 시인의

마음을 흔드는
세계 명시 100선

장석주 시인의

# 마음을 흔드는 세계 명시 100선

초판 1쇄 발행 | 2017년 3월 30일
초판 2쇄 발행 | 2017년 4월 17일

엮은이 | 장석주
펴낸이 | 박영욱
펴낸곳 | 북오션

편   집 | 허현자 · 김상진
마케팅 | 최석진 · 황영주
디자인 | 서정희 · 민영선

주   소 | 서울시 마포구 월드컵로 14길 62
이메일 | bookrose@naver.com
페이스북 | facebook.com/bookocean21
블로그 | blog.naver.com/bookocean
전   화 | 편집문의: 02-325-9172   영업문의: 02-322-6709
팩   스 | 02-3143-3964

출판신고번호 | 제313-2007-000197호

ISBN 978-89-6799-324-5 (03840)

이 도서의 국립중앙도서관 출판예정도서목록(CIP)은 서지정보유통지원시스템
홈페이지(http://seoji.nl.go.kr)와 국가자료공동목록시스템
(http://www.nl.go.kr/kolisnet)에서 이용하실 수 있습니다.
(CIP제어번호: CIP2017005506)

장석주 시인의

마음을 흔드는
세계명시 100선

북오션

# 하늘의 무지개를 볼 때마다 내 가슴뛰노니

하늘의 무지개를 볼 때마다

내 가슴 뛰노니,

내 어린 시절에도 그러했고

다 자란 오늘에도 매한가지

　_ 윌리엄 워즈워스, 「내 가슴은 뛰노니」 부분

거의 반세기 가까운 세월 동안 시를 읽고 써왔다. 내 한 평생이라
고 말해도 넘치는 말은 아니다. 우연히 시의 세례를 받은 뒤 시를 읽
을 때마다 내 심장은 뛰었다. 사실을 고백하자면, 내 부모나 형제,
친척 중에 시를 쓰거나 읽는 사람이 단 한 명도 없다. 시 따위는 모

르고 사는 이들에 둘러싸인 채 살다가 나는 돌연변이로 시를 읽고 쓰는 길로 들어선 것이다. 사춘기 시절 공부를 밀쳐두고 쓸데없는 짓을 한다고 아버지에게 심한 야단을 맞았다. 그러나 어쩔거나! 시를 읽을 때 심장 고동은 빨라지고, 밋밋한 감정과 기분은 아찔한 기쁨과 도취감으로 온통 물들었다. 시는 뇌에 좋은 자극과 함께 충만감을 주며, 감정생활을 깊고 윤택하게 만들었다. 가장 좋은 시들은 늘 고요와 침묵을 품고 있는데, 이것들은 의미의 자양분을 듬뿍 품고 있다. 시에서 의미의 자양분을 빨아들이는 사람이라면 시가 감정생활을 풍부하게 만들고, 인격에 고매함을 불어넣어 준다는 걸 받아들이리라.

앞서 말한대로 나는 십대 중반에 시작(詩作)을 시작했다. 시를 읽고 쓰면서 내면에 깃드는 고요 속에서 나 자신이 온전해진다는 것을 깨닫고 시의 세계로 깊이 빨려들고 말았다. 시의 고요는 무엇의 방편이 아니라 그 자체가 목적이다. 고요는 삶의 의미있는 한 양식이고, 내 외로움과 고립감을 풍성한 것으로 바꾸어준다. 이 고요 속에서 나는 홀연 비루함에서 벗어나 나 자신으로 온전하게 머물 수 있었다. 아마도 그런 시의 매혹으로 시의 가치를 속속들이 모른 채 시의 길로 들어섰으리라. 내 주변엔 시를 가르쳐 줄 선배도 스승님도 없었다. 나는 하는 수 없이 독학으로 시를 배우고 써나갔다. 가장 좋은 스승은 좋은 시들이다. 나는 국립도서관과 청계천 일대의 헌책방들 문턱이 닳도록 드나들며 김소월, 서정주, 김수영, 고은의 시집을 구해 읽고, 보들레르, 랭보, 발레리, 말라르메, 엘리어트, 프로스트, 예세닌들의 시를 찾아 읽었다. 한때 "자 우리 가볼까, 당신과 나와 수술대 위에 누운 마취된 환자처럼/저녁이 하늘을 배경으로 사지를 뻗고 있는 지금 ;//우리 가볼까, 한산한 어느 거리,/싸구려 일박 호텔의 불안한 밤의 속삭거리는 으슥한 길,/굴 껍질 흩어진 톱밥 깔린 레스토랑을 지나 :"라고 시작하는 엘리어트의 장시 「J. 앨프리드 프루프록의 연가」를 한적한 거리를 걸으며 미친 듯 중얼거리며 외우기도 했다. 이런 경험이 쌓이는 가운데 일찍이 인생 경로를 정하고 나이 스무 살이 되어 시인의 길로 들어선 것이다.

내 경험에 비추어 말하자면, 시를 읽고 쓰는 행위는 쾌감 욕구 원칙의 범주에 든다. 또한 시를 쓰는 것은 욕망의 예술적 승화와 표현의 일부다. 오늘날 시의 기원은 음절이나 구(句)의 반복, 운율이 스민 후렴과 교창(交唱) 등에 바탕을 두는 노래, 비술(祕術), 기도, 주문이다. 나는 그토록 많은 시들을 읽으며 시가 자기 경험이라는 기반 위에서 언어, 리듬, 상상력의 결합이라는 것을 배우고 깨닫고, 시를 쓰는 일이 생을 다하여 추구할만한 가치가 있다는 확신을 갖게 되었다. 니클라우스 브란첸이라는 이는 "어떻게 하면 뱃사공에서 항해사로, 제작자에서 창작자로, 틀에 박힌 사람에서 창조적인 사람으로 바뀔 수 있을까?"라고 묻는다. 시를 읽고 쓰는 일은 뱃사공을 항해사로, 틀에 박힌 사람을 창조적인 사람으로 바꾸는 일이다. 무엇보다도 시는 사물과 세계를 상상력과 은유로 새로 빚는 예술 행위에 속한다. 시적 생산의 본질은 유에서 무를 창조하는 일이다. 이 창조 행위는 한 마디로 감정과 기분, 우연의 운명, 사물과 풍경, 여러 인생 경험을 언어로 '특별화 하기(making special)'이다.


출판사 제안으로 '세계 명시 100선'을 모으며, 나는 시와 처음 만나던 때의 설렘과 흥분을 고스란히 느꼈다. 시는 하늘에 뜬 무지개같이 놀라웠다! 시가 매혹으로 나를 사로잡은 시절로 돌아간 듯 행복했다. 어린 시절에도 그러했고, 어른이 된 오늘에도 시는 내 무지개다. 그 실감의 두터움 때문에 처음 습작하던 십대 시절부터 지금까지 아끼고 사랑하며 읽은 시들을 한 권으로 묶는 일은 보람찼다. 마음에 울림을 주었던 시, 오랫동안 사랑한 시, 습작에 영향을 주었던 시, 한번 읽고 나서 잊을 수 없었던 시, 널리 읽는 시들을 한 편한 편 찾아 공들여 모았다. 이 시들을 혼자 아껴가며 읽어왔는데, 시를 사랑하는 이들을 위해 낱낱이 공개한다. 이것을 세상에 펼쳐 내놓는 것은 한편으로 이 시들을 떠나보내는 듯 일말의 섭섭함이 없지는 않을뿐더러, 기업으로 치자면 '제조비법'이나 '영업비밀'을 털어놓는 셈이다.


이 시집이 시의 교과서라고 감히 자부한다. 그만큼 세계 이곳저곳에 흩어져 좋은 시를 쓰는 시인들의 다양한 시를 찾아 엮었다. 이 시집이 눌리고 찢긴 마음의 상처를 보듬고 인생을 비춰보며 의미를 찾는 특별한 경험이 되길 바란다. 햇빛이 흘러드는 가을 오후의 거실에서, 학교 도서관에서, 사람들로 북적이는 도심 카페에서, 깊은 산중 흙집에서, 오래 투병하는 병실에서, 군대 막사에서, 한밤중을 뚫고 달리는 열차 안에서, 낙엽 지는 공원 벤치에서, 배낭을 매고 헤매다가 든 이국의 숙소에서, 문득 이 시집을 펴서 읽는 이를 상상한다. 이 모든 세계의 장소들에서 이 시집을 펴서 읽는 이들에게 축복이 있기를! 시가 당신의 삶을 위한 자양분으로 흘러들기를, 시가 당신의 살이 되고 피가 되기를! 홀로 있는 능력의 상실이라는 난제에 부딪친 당신, 근심과 불안에 휩싸여 하루하루를 위태롭게 넘기는 당신의 머리맡에 이 시집을 가만히 놓아주고 싶다. 당신에게 시가 주는 위안과 기쁨을 베풀고, 잃어버린 자아와 홀로 있는 능력을 회복

시켜주는 계기가 되길 바란다. 거칠고 메마른 생활에 휘둘리며 살아온 당신께 이 앤솔로지를 기꺼운 마음으로 바친다.


2017년 이른 봄, 서울 서교동에서

장석주 씀

# 차례

당신의 오두막집 위로 그 기막힌

저녁 빛이 흐르기를 빕니다

새들은 어디서
마지막 눈을 감을까

겨울이 지나고

나의 별에도 봄이 오면

# 미라보 다리

기욤 아폴리네르

미라보 다리 아래 센 강이 흐르고
우리의 사랑도 흐르는데
나는 기억해야 하는가
기쁨은 늘 괴로움 뒤에 온다는 것을

밤이 오고 종은 울리고
세월은 가고 나는 남아 있네

서로의 손을 잡고 얼굴을 마주하고
우리들의 팔이 만든
다리 아래로
영원한 눈길에 지친 물결들 저리 흘러가는데

밤이 오고 종은 울리고
세월은 가고 나는 남아 있네

사랑이 가네 흐르는 강물처럼
사랑이 떠나가네
삶처럼 저리 느리게
희망처럼 저리 격렬하게

밤이 오고 종은 울리고
세월은 가고 나는 남아 있네

하루하루가 지나고 또 한 주일이 지나고
지나간 시간도
사랑도 돌아오지 않네
미라보 다리 아래 센 강이 흐르고

밤이 오고 종은 울리고
세월은 가고 나는 남아 있네

# 가지 않은 길

로버트 프로스트

단풍 든 숲 속에 두 갈래 길이 있었습니다.
몸이 하나니 두 길을 가지 못하는 것을
안타까워하며, 한참을 서서
낮은 수풀로 꺾여 내려가는 한쪽 길을
멀리 끝까지 바라다 봤습니다

그리고 다른 길을 선택했습니다, 똑같이 아름답고
아마 더 걸어야 될 길이라 생각했지요
풀이 무성하고 발길을 부르는 듯했으니까요
그 길도 걷다 보면 지나간 자취가
두 길을 거의 같도록 하겠지만요

그날 아침 두 길은 똑같이 놓여 있었고
낙엽 위로는 아무런 발자국도 없었습니다
아, 나는 한쪽 길은 훗날을 위해 남겨 놓았습니다!

길이란 이어져 있어 계속 가야만 한다는 걸 알기에
다시 돌아올 수 없을 거라 여기면서요

오랜 세월이 지난 뒤 어디에선가
나는 한숨지으며 이야길 하겠지요
숲 속에 두 갈래 길이 있었고, 나는—
사람들이 적게 간 길을 선택했다고
그리고 그것이 내 모든 것은 바꾸어 놓았다고

# 내 가슴은 뛰노니

월리엄 워즈워스

하늘의 무지개를 볼 때마다
내 가슴 뛰노니,
내 어린 시절에도 그러했고
다 자란 오늘에도 매한가지,
쉰 예순에도 그렇지 못하다면
차라리 죽음이 나으리라.
어린이는 어른의 아버지
바라보니 내 하루하루가
자연의 믿음에 매어지고자.

# 지옥에서 보낸 한철

아르튀르 랭보

서시

오래 전, 기억해보면, 내 삶은 축제였다, 누구나 마음 열었고 온갖 술 흘러넘쳤다.

어느 날 저녁 난 아름다운 여인을 무릎에 앉혔다. 그녀가 고약한 것을 깨달았다. 욕을 퍼부어 주었다.

나는 정의에 대비했다.

나는 도망쳤다. 오 마녀여, 오 불행이어, 오 증오여, 내 보물을 너희에게 맡겼노라!

나는 마침내 정신 속에서 인간의 희망 몽땅 사라지게 했다.

그 목을 비트는 데 희열을 느껴, 나는 사나운 짐승처럼 음험하게 껑충껑충 뛰었다.

나는 죽어가면서 사형집행인을 불러 그들의 총 자루 물어뜯으려고 했다. 나는 재앙을 불러 피와 모래에 질식했다. 불행은 나의 신이었다.

나는 진흙 속에 누웠다. 나는 범죄의 바람에
몸을 말렸다. 나는 광기(狂氣)를 잘 속여넘겼다.
봄은 내게 백치의 끔찍한 웃음을 보내주었다.
마지막으로 엉뚱한 소리 내려는 순간에! 난 옛 축제의 열쇠를
찾으려 했다. 어쩜 욕망도 되찾을지 모른다.
자비가 그 열쇠다. 이런 생각이 드는 걸 보니 내가 전에 꿈을
꾸었나보다.
"너는 하이에나로 남으리……" 아주 멋진 양귀비꽃 관(冠)을
나에게 씌워준 악마가 외친다.
"네 욕망과 이기주의와 죄악 모조리 짊어지고 죽어라."
아! 난 너무나 많은 것을 받아들였다. 하지만 사탄이여, 정말
간청하니, 화를 좀 내지 마시라! 뒤늦게 몇 가지 비겁한 짓을
기다리며, 작가에게 묘사하고 훈계하는 능력이 부족한 점을
사랑하는 당신, 나 그대에게 내 저주받은 자의 수첩에서 저기
흉한 몇 장을 떼어내 준다.

# 해변의 묘지

폴 발레리

비둘기들 노니는 저 고요한 지붕은
철썩인다, 소나무들 사이에서, 무덤들 사이에서.
공정한 것 정오는 저기에서 화염으로 합성한다
바다를, 쉼 없이 되살아나는 바다를!
신들의 정적에 오랜 시선을 보냄은
오 사유 다음에 찾아드는 보답이로다!

섬세한 섬광은 얼마나 순수한 솜씨로 다듬어내는가
지각할 길 없는 거품의 무수한 금강석을,
그리고 이 무슨 평화가 수태되려는 듯이 보이는가!
심연 위에서 태양이 쉴 때,
영원한 원인이 낳은 순수한 작품들,
〈시간〉은 반짝이고 〈꿈〉은 지식이로다.

견실한 보고, 미네르바의 간소한 사원,
정적의 더미, 눈에 보이는 저장고,
솟구치는 물, 불꽃의 베일 아래
하많은 잠을 네 속에 간직한 〈눈〉,
오 나의 침묵이여!…… 영혼 속의 신전,
허나 수천의 기와 물결치는 황금 꼭대기, 〈지붕〉!

단 한 숨결 속에 요약되는 시간의 신전,
이 순수경에 올라 나는 내 바다의
시선에 온통 둘러싸여 익숙해진다.
또한 신에게 바치는 내 지고의 제물인 양,
잔잔한 반짝임은 심연 위에
극도의 경멸을 뿌린다.

과일이 향락으로 용해되듯이,

과일의 형태가 사라지는 입 안에서

과일의 부재가 더없는 맛으로 바뀌듯이,

나는 여기 내 미래의 향연을 들이마시고,

천공은 노래한다, 소진한 영혼에게,

웅성거림 높아가는 기슭의 변모를.

아름다운 하늘, 참다운 하늘이여, 보라 변해 가는 나를!

그토록 큰 교만 뒤에, 그토록 기이한,

그러나 힘에 넘치는 무위의 나태 뒤에,

나는 이 빛나는 공간에 몸을 내맡기니,

죽은 자들의 집 위로 내 그림자가 지나간다

그 가녀린 움직임에 나를 순응시키며.

지일(至日)의 횃불에 노정된 영혼,
나는 너를 응시한다, 연민도 없이
화살을 퍼붓는 빛의 찬미할 정의여!
나는 순수한 너를 네 제일의 자리로 돌려놓는다.
스스로를 응시하라!……그러나 빛을 돌려주는 것은
그림자의 음울한 반면을 전제한다.

오 나 하나만을 위하여, 나 홀로, 내 자신 속에,
마음 곁에, 시의 원천에서,
허공과 순수한 도래 사이에서, 나는
기다린다, 내재하는 내 위대함의 반향을,
항상 미래에 오는 공허함 영혼 속에 울리는
가혹하고 음울하며 반향도 드높은 저수조를!
그대는 아는가, 녹음의 가짜 포로여,
이 여윈 철책을 먹어드는 만(灣)이여,

내 감겨진 눈 위에 반짝이는 눈부신 비밀이여,
어떤 육체가 그 나태한 종말로 나를 끌어넣으며
무슨 이마가 이 백골의 땅에 육체를 끌어당기는가를?
여기서 하나의 번득임이 나의 부재자들을 생각한다.

닫히고, 신성하고, 물질 없는 불로 가득 찬,
빛에 바쳐진 대지의 단편,
불꽃들에 지배되고, 황금과 돌과 침침한
나무들로 이루어진 이곳, 이토록 많은
대리석이 망령들 위에서 떠는 이곳이 나는 좋아.
여기선 충실한 바다가 나의 무덤들 위에 잠잔다!

찬란한 암캐여, 우상숭배의 무리를 내쫓으라!
내가 목자의 미소를 띠고 외로이
고요한 무덤의 하얀 양떼를,

신비로운 양들을 오래도록 방목할 때,
그들에게서 멀리하라 사려 깊은 비둘기들을,
여기에 이르면, 미래는 나태이다.
정결한 곤충은 건조함을 긁어대고,
만상은 불타고 해체되어, 대기 속
그 어떤 알지 못할 엄숙한 정기에 흡수된다……
삶은 부재에 취해 가이 없고,
고초는 감미로우며, 정신은 맑도다.

감춰진 사자(死者)들은 바야흐로 이 대지 속에 있고,
대지는 사자들을 덥혀주며 그들의 신비를 말리운다.
저 하늘 높은 곳의 정오, 적연부동의 정오는
자신 안에서 스스로를 사유하고 스스로에 합치한다……
완벽한 두뇌여, 완전한 왕관이여,
나는 네 속의 은밀한 변화이다.

너의 공포를 저지하는 것은 오직 나뿐!
이 내 뉘우침도, 내 의혹도, 속박도
모두가 네 거대한 금강석의 결함이어라……
허나 대리석으로 무겁게 짓눌린 사자들의 밤에,
나무뿌리에 감긴 몽롱한 사람들은
이미 서서히 네 편이 되어버렸다


사자들은 두터운 부재 속에 용해되었고,
붉은 진흙은 하얀 종족을 삼켜버렸으며,
살아가는 천부의 힘은 꽃 속으로 옮겨갔도다!
어디 있는가 사자들의 그 친밀한 언어들은,
고유한 기술은, 특이한 혼은?
눈물이 솟아나던 곳에서 애벌레가 기어간다.

간질임 탓에 소녀들의 날카로운 외침,

눈, 이빨, 눈물 젖은 눈시울,

불과 희롱하는 어여쁜 젖가슴,

굴복하는 입술에 반짝이듯 빛나는 피,

마지막 선물, 그것을 지키려는 손가락들,

이 모두 땅 밑으로 들어가고 작용에 회귀한다.


또한 그대, 위대한 영혼이여, 그대는 바라는가

육체의 눈에 파도와 황금이 만들어내는,

이 거짓의 색체도 없을 덧없는 꿈을?

그대 노래하려나 그대 한줄기 연기로 화할 때에도?

가거라! 일체는 사라진다! 내 존재는 구멍 나고,

성스런 초조도 역시 사라진다!

깡마르고 금빛 도금한 검푸른 불멸이여,

죽음을 어머니의 젖가슴으로 만드는,

끔찍하게 월계관 쓴 위안부여,

아름다운 거짓말 겸 경건한 책략이여!

뉘라서 모르리, 어느 누가 부인하지 않으리,

이 텅 빈 두개골과 이 영원한 홍소(哄笑)를!

땅밑에 누워 있는 조상들이여, 주민 없는 머리들이여,

가래삽으로 퍼 올린 하많은 흙의 무게 아래

흙이 되어 우리네 발걸음을 혼동하는구나.

참으로 갉아먹는 자, 부인할 길 없는 구더기는

묘지의 석판 아래 잠자는 당신들을 위해 있지 않다

생명을 먹고 살며, 나를 떠나지 않는다.

자기에 대한 사랑일까 아니면 미움일까?

구더기의 감춰진 이빨은 나에게 바짝 가까워서

그 무슨 이름이라도 어울릴 수 있으리!

무슨 상관이랴! 구더기는 보고 원하고 꿈꾸고 만진다!

내 육체가 그의 마음에 들어, 나는 침상에서까지

이 생물에 소속되어 살아간다!


제논! 잔인한 제논이여! 엘레아의 제논이여!

그대는 나래 돋친 화살로 나를 꿰뚫었어라

진동하며 나르고 또 날지 않는 화살로!

화살 소리는 나를 낳고 화살은 나를 죽이는구나!

아! 태양이여…… 이 무슨 거북이의 그림자인가

영혼에게는, 큰 걸음으로 달리면서 꼼짝도 않는 아킬레스여!

아니, 아니야!…… 일어서라! 이어지는 시대 속에!

부셔버려라, 내 육체여, 생각에 잠긴 이 형태를!

마셔라, 내 가슴이여, 바람의 탄생을!

신선한 기운이 바다에서 솟구쳐 올라

나에게 내 혼을 되돌려준다…… 오 엄청난 힘이여!

파도 속에 달려가 싱그럽게 용솟음쳐라!

그래! 일렁이는 헛소리를 부여받은 대해(大海)여,

아롱진 표범의 가죽이여, 태양이 비추이는

천만가지 환영으로 구멍 뚫린 외투여,

짙푸른 너의 살에 취해,

정적과 닮은 법석 속에서

너의 번뜩이는 꼬리를 물고 사납게 몰아치는 히드라여,

바람이 인다!……살려고 애써야 한다!
세찬 마파람은 내 책을 펼치고 또한 닫으며,
물결은 분말로 부서져 바위로부터 굳세게 뛰쳐나온다.
날아가라, 온통 눈부신 책장들이여!
부숴라, 파도여! 뛰노는 물살로 부숴 버려라
돛배가 먹이를 쪼고 있던 이 조용한 지붕을!

# 애너벨 리

에드거 앨런 포

아주 여러 해 전
바닷가 어느 왕국에
당신이 아는지도 모를 한 소녀가 살았지.
그녀의 이름은 애너벨 리—
날 사랑하고 내 사랑을 받는 일밖엔
소녀는 아무 생각도 없이 살았네

바닷가 그 왕국에선
그녀도 어렸고 나도 어렸지만
나와 나의 애너벨 리는
사랑 이상의 사랑을 하였지.
천상의 날개 달린 천사도
그녀와 나를 부러워할 그런 사랑을.

그것이 이유였지, 오래 전,
바닷가 이 왕국에선
구름으로부터 불어온 바람이
나의 에너벨 리를 싸늘하게 했네.
그래서 명문가 그녀의 친척들은
그녀를 내게서 빼앗아갔지.
바닷가 왕국
무덤 속에 가두기 위해.

천상에서도 반쯤밖에 행복하지 못했던
천사들이 그녀와 날 시기했던 탓.
그렇지! 그것이 이유였지.(바닷가 그 왕국 모든 사람들이 알 듯)
한밤중 구름으로부터 바람이 불어와
그녀를 싸늘하게 하고
나의 애너벨 리를 숨지게 한 것은.

하지만 우리들의 사랑은 훨씬 강한 것
우리보다 나이 먹은 사람들의 사랑보다도—
우리보다 현명한 사람들의 사랑보다도—
그래서 천상의 천사들도
바다 밑 악마들도
내 영혼을 아름다운 애너벨 리의 영혼에게서 떼어 내지는 못
했네.

달도 내가 아름다운 애너벨 리의 꿈을 꾸지 않으면 비치지 않네.
별도 내가 아름다운 애너벨 리의 빛나는 눈을 보지 않으면 떠
오르지 않네.
그래서 나는 밤이 지새도록
나의 사랑, 나의 사랑, 나의 생명, 나의 신부 곁에 누워만 있네.
바닷가 그곳 그녀의 무덤에서—
파도 소리 들리는 바닷가 그녀의 무덤에서.

# 뱀

D.H. 로렌스

한 마리 뱀이 낙수 대롱 밑으로 왔다
어느 무더운 날, 나 또한 더위에 속옷 바람으로
물을 마시러 거길 갔고.

검은 기운에 싸인 우람한 캐럽나무의 현묘한 그늘로
나는 물 주전자를 들고 계단을 내려왔다.
그리고 조용히 서서 기다려야 했던 까닭은, 거기에 그가
나보다 먼저 와 대롱의 물을 받고 있었기 때문이다.

그는 어스름한 토담 틈새에서 나와 거기 있었다.
물받이 돌통 언저리에 매끈한 배로
그의 황갈색 굼뜬 몸을 끌며
돌바닥에 그의 모가지를 뉘었다.
윗 대롱에선 영롱히 방울진 물이 떨어지고

그는 곧게 내민 입으로 그 물 받는다.
곱게 삼킨 물 잇몸을 지나 길게 늘어진 몸 안으로 흐른다
침묵 속에서.

나보다 먼저 누군가 내 물받이 통에 있었다
그리하여 난 기다렸다, 두 번째 온 자로서.
물을 마시다 그는 소가 그러하듯이 고개를 들었다
물 마시는 소처럼 그는 물끄러미 날 응시하다
입술 밖으로 내밀어 두 갈래의 혀를 날름거렸다
그런 뒤 한동안 홍얼대다
다시 고개 숙여 더 마셨다.
지구의 불타는 함지에서 나온 그는
흑갈색인 듯 흙빛 나는 황금색이다.
시칠리아의 칠월 어느 날에 에트나 화산은 연기에 휩싸이고.

가르침을 담은 교육의 목소리가
그는 마땅히 죽어야 한다고 외쳐댔다.
시칠리아에서 까만 뱀은 해롭지 않지만 황금 빛깔의 뱀은
치명적인 독사라는 이유로.

덩달아 내 마음의 소리도 내가 만일 버젓한 사내라면
몽둥이 들어 당장 눈앞의 뱀을 쳐 죽이라고 재촉한다.

하지만 나는 그를 얼마나 좋아했던가를 고백해야 한다
내 물 대롱에서
물을 마시고 평온한 그곳에서 감사의 몸짓도 하지 않고 떠나
이 땅의 불구멍 속으로 들어가는 그가
다소곳한 손님처럼 왔던 사실에 나는 얼마나 가슴 벅차했던가?

내가 겁쟁이라서 감히 그를 죽이지 못했던가?
내 성미가 괴팍해 그에게 말을 걸고자 했던가?
내가 겸손하여 마땅히 존경받을 만했는가?
난 스스로 존경받을 만했다고 느꼈다.

그렇지만 다시 그 훈계의 소리가 들렸다.
*네가 두려워하지 않았다면 넌 그를 죽였을 거야!*

난 정말로 두려웠다, 어쩔 수 없이 두려웠다.
아무리 그렇더라도 은밀한 지구의 어두운 문을 뚫고 나온
그가 내게 온정을 간구하다니, 그것만으로도
나는 존경받을 만하지 않은가.

그가 넉넉히 물을 마셨다.

술 취한 사람처럼 꿈꾸듯 고개를 들고

공중의 갈라진 어둠처럼 아주 까맣게 갈라진 두 뿌리 혀를 날

름거렸다

입술 핥듯이.

건성으로 보는 신처럼 주위를 휘둘러보고는

느릿하게 고개를 돌렸다.

천천히 아주 천천히, 마치 삼중의 꿈을 꾸듯

휘어긴 길고 느린 몸을 끌며 나아갔다

부서진 벽면 비탈을 다시 타고 오르며.


그가 무시무시한 구멍 속으로 머리를 들이밀 때

그의 윗등을 풀고 천천히 몸을 당겨, 드디어

더 깊숙이 들어갈 때

그 가공할 검은 구멍으로 몸을 끌어넣는 것에 대한

마음먹은 대로 암흑으로 들어가며 남아 있는 몸을 서서히
감아 당기는 것에 대한 공포와 반항심이

그의 등이 사라지자 나를 엄습했다.

나는 주위를 둘러보았다, 주전자를 내려놓고
볼품없는 막대기를 하나 집어들었다.
물받이 통 쪽으로 그것을 던졌다, 세찬 소리를 내며 떨어졌다.

맞춘 것 같지는 않았다
그러나 순식간에 뒤에 남겨진 부분 파르르 떨며
꼴불견으로 허둥댔다.
번개처럼 몸을 피해 아주 사라졌다
그 암흑의 구멍, 벽 앞면의 입술 벌린 흙 틈새로.
현기증 나는 나른한 정오에 넋을 잃고 바라보았다.

곧 나는 그 짓에 대해 후회했다.
얼마나 천박하고 상스러운 짓이었던가, 정말 비열한 짓이었다!
나는 나 자신과 저주받을 인간 교육의 목소리를 경멸했다.

나는 신천옹을 생각하면서
나의 뱀 그가 돌아오기를 갈망했다.

그는 내게 왕으로 다가왔기 때문이다.
명계에서 왕위를 찬탈당하고 유배중인 왕
이제는 곧 복위할 왕 말이다.

그리하여 나는 생명의
왕과 친교할 기회를 놓치고 말았다.
내겐 속죄해야 할 바가 있다.
그 얼마나 비열한 짓이었던가.

# 누구를위하여 종은 울리나

존 단

누구든 그 스스로 완전한 섬은 아니다. 모든 사람은 대륙의 한 부분이며, 대양(大洋)의 일부이다. 흙덩이가 바다에 씻겨 내려가면, 유럽은 그만큼 작아지며, 어떤 높은 곳이 바다에 잠겨도 마찬가지, 그대의 친구들 혹은 그대 자신 소유의 땅이 물에 잠겨도 마찬가지니라. 어떤 사람의 죽음도 나를 감소시킨다. 왜냐하면 나는 인류에 속에 있기 때문이다. 그러므로 누구를 위해 종이 울리는지 알려고 사람을 보내지 마라. 종은 바로 그대를 위해 울리느니.

# 이 사랑

자끄 프레베르

이 사랑은

이토록 사납고

이토록 연약하고

이토록 부드럽고

이토록 절망한

이 사랑은

대낮같이 아름답고

날씨처럼 나쁜 사랑은,

날씨가 나쁠 때

이토록 진실한 이 사랑은

이토록 아름다운 이 사랑은

이토록 행복하고

이토록 즐겁고

또 이토록 덧없어

어둠속 어린애처럼 두려움에 떨지만

한밤에도 태연한 어른처럼 자신있는 이 사랑은

다른 이들을 겁나게 하던 이 사랑

그들의 입을 열게 하던


그들을 질리게 하던 이 사랑은

우리가 그네들을 목지키고 있었기에

염탐당한 이 사랑은

우리가 그를 추격하고 해하고 짓밟고 죽이고

부정하고 잊어버렸기 때문에

쫓기고 상처받고 짓밟히고 살해되고

부정되고 잊힌 이 사랑은

아직 이토록 생생하고

이토록 볕에 쪼인

송두리째 이 사랑은

이것은 너의 것

이것은 나의 것

언제나 언제나 새로웠던 그것

한 번도 변함없던 사랑

초목같이 진정하고

새처럼 애처롭고

여름처럼 따뜻하고 생명에 차

우리는 둘이 다

가고 올 수 있으며

우리는 잊을 수 있고

우리는 다시 잠들 수 있고

잠깨고 고통하고 늙을 수 있고

다시 잠들고


죽음을 꿈꾸고

정신 들고 미소 짓고 웃음 터뜨리고

다시 젊어질 수 있지만

우리들의 사랑은 여기 고스란히

멍텅구리처럼 고집세고

욕망처럼 피끓고

기억처럼 잔인하고

회한처럼 어리석고

대리석처럼 차디차고

대낮처럼 아름답고

어린애처럼 연약하여

웃음지으며 우리를 바라본다

아무말 없이도 우리에게 말한다

나는 몸을 떨며 귀를 기울인다

그래 나는 외친다

너를 위해 외친다

나를 위해 외친다

네게 애원한다

너를 위해 나를 위해 서로 사랑하는 모두를 위해

서로 사랑하였던 모두를 위해

그래 나는 외친다

너를 위해 나를 위해

내가 모르는 다른 모두를 위해


거기 있거라

지금 있는 거기 있거라

옛날에 있던 그 자리에

거기 있거라

움직이지 마라

떠나버리지 마라

사랑받은 우리는

너를 잊어버렸지만

너는 우리를 잊지 않았다

우리에겐 땅 위에 오직 너뿐

우리들 차디차게 변하도록 버리지 마라

항상 더욱 더 먼 곳에서도

그리고 그 어디에서든

우리에게 생명의 기별을 다오

훨씬 더 훗날 어느 숲 기슭에서

기억의 숲 속에서

문득 솟아나거라

우리에게 손 내밀고

우리를 구원하여라.

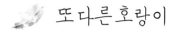
# 또다른호랑이

호르헤 루이스 보르헤스

한 마리 호랑이를 사유한다. 어스름은
분주하고 광대무변한 도서관을 예찬하고,
서가(書架)를 아득하게 하는 듯하네.
힘차게, 천진스럽게, 피범벅이면서도 새롭게
호랑이가 그의 밀림과 아침을 어슬렁거리고 있으리.
이름 모를 강가 진흙 벌에 자국을 남기고.
(그의 세계는 이름도, 과거도, 미래도 없고
다만 어떤 찰나만이 있을 뿐이네.)
야만적 거리(距離)를 도약하리.
난마 같은 냄새의 미로에서
여명의 내음과 열락의 사슴 내음을 찾아다니리.
나는 대나무 무늬 사이로
그의 줄무늬를 해독하고
전율이 감도는 휘황찬란한 호피 속에
감싸인 골격을 짐작하네.

지표면의 둥근 바다와 사막은
헛되이 가로막고 있을 뿐이지.


머언 남아메리카 하구의 집에서부터
내가 너를 쫓고 꿈꾸거늘.
아! 갠지스 강변의 호랑이여.


영혼에 오후가 흩뿌려지고
나는 성찰한다.
내 시가 떠올리는 호랑이는
상징과 허상, 일련의 문학적 비유,
백과사전의 기억일 뿐,
수마트라와 뱅골에서
태양과 유전하는 달 아래
사랑, 한가함, 죽음의 일상을 수행하는

섬뜩한 호랑이, 불길한 보석이 아니라고.
나는 상징들의 호랑이에

뜨거운 피가 흐르는 진정한 호랑이를,
버팔로 떼를 몰살하고
1959년 8월 3일 오늘
초원에 호젓한 그림자를 늘어뜨리는 호랑이를
대비시켜 본다.
허나 그 녀석을 거명하고 그 주위를 상상한다는 것이
이미 그를,
대지를 떠도는 살아 숨쉬는 피조물이 아닌
예술의 가공물로 만들고 마네.

세번 째 호랑이를 찾을 것이다.
신화에서 벗어나 대지를 내딛는 참호랑이가 아니라,

다른 호랑이들 역시
내 꿈의 한 형태,
인간의 한 언어 체계가 되고 말 것이지만.
나는 이를 잘 알고 있네.
허나 불확실하고 무분별한 이 해묵은 모험을
무엇인가가 내게 강요하네.
그리하여 오후 내 나는, 시 속에서만 살지 않을
또다른 호랑이 모색에 집착한다.

# 나의 어머니

베르톨트 브레히트

그녀가 죽었을 때, 사람들은 그녀를 땅 속에 묻었다.

꽃이 자라고, 나비가 그 위로 날아간다……

체중이 가벼운 그녀는 땅을 거의 누르지도 않았다.

그녀가 이처럼 가볍게 되기까지, 얼마나 많은 고통을 겪었을까!

시상(詩想) ─여우

테드 휴즈

나는 상상한다, 이 한밤 순간의 숲을.
다른 무엇인가가 살아있다.
시계의 고독 곁에
그리고 내 손가락들이 움직이는 이 백지 곁에.

창문을 통해 나는 아무 별도 볼 수 없다.
어둠 속에서 비록 더 깊지만
더욱 가까운 무엇인가가
고독 속으로 들어오고 있다.

어둠 속에 내리는 눈처럼 차가이, 살포시,
여우의 코가 건드린다 잔가지를, 잎사귀를.
두 눈이 도와준다, 이제 막
그리고 또 이제 막, 막, 막

나무 사이 눈 속에 산뜻한 자국들을 남기는
하나의 움직임을. 그리고 개간지를 대담히 가로질러 온
몸뚱이의 절름거리는 그림자가
그루터기를 지나 움푹 팬 곳에서

꾸물거리고, 눈 하나가
푸른 빛이 퍼지고 짙어지면서,
찬란히, 집중적으로,
제 임무를 다하여

마침내, 여우의 날카롭고 갑작스런 진한 악취를 풍기며
머리의 어두운 구멍으로 들어온다.
창문에는 여전히 별이 없고, 시계는 똑딱거리며,
백지에는 글자가 박힌다.

# 봄

빈센트 밀레이

4월, 그대는 무엇 때문에 다시 돌아오는가?
아름다움만으로 충분한 건 아닌데,
끈적거리며 피어나는 작은 이파리의 붉은색으로
더 이상 나를 달랠 순 없지.
내가 아는 게 뭔지는 나도 안다.
뾰족한 크로커스 꽃잎을 바라볼 때면
목덜미에 햇살이 따갑고,
흙냄새도 좋다.
죽음이 사라진 것 같긴 하다.
그러나 그게 뭐란 말인가?
땅 밑에선 구더기가 사람의 머리통을
갉아먹을 뿐만 아니라
인생 그 자체가 아무것도 아닌 것을,
빈 잔,
주단이 깔리지 않은 계단일 뿐,

해마다 이 언덕으로, 종알종알 꽃을 뿌리며

4월이

바보같이 돌아오는 것만으로는 충분치 않다.

여행에의 초대

샤를 보들레르

내 아이, 내 누이여,
그곳에 가서 함께 사는
감미로움을 떠올려 보렴.
한가로이 사랑하고,
너를 닮은 그 나라에서
사랑하고 죽는 것을!
내 흐릿한 날의
젖은 태양들은
내 마음에 정말 매혹적이다.
그렁그렁한 눈물 속에서 반짝이며
쉴새 없이 변하는 네 눈빛처럼
신비한 매혹.

그곳에서 모든 것은 정연한 아름다움,
화사함과 고요, 그리고 관능.

세월에 반지르르 윤기 나는 가구들이
우리 방을 장식하리라.

정말 귀한 꽃들이
어렴풋한 용연향에

그 향기를 섞어 넣으리라.
화려한 천장들과,
그윽한 거울들,
동방의 찬란함.
그곳에서 모든 것은
영혼에게 비밀스럽게 속삭이리라,
그 나라의 모국어로.

그곳에서 모든 것은 정연한 아름다움,
화사함과 고요, 그리고 관능.

저 운하들 위에서 잠들어있는 배들을 바라보렴. 원래부터 방
랑자의 기질을 가진 배들을. 그 배들이 세계의 끝으로부터 온
것은 너의 아주 작은 욕망까지도 채워주기 위한 것. ─지는
해들이 벌판을, 운하를, 도시 전체를 수선화빛과 황금빛으로
물들이고 있다. ─세계는 뜨거운 햇살 안에서 잠들어 있다.
그곳에서 모든 것은 정연한 아름다움,
화사함과 고요, 그리고 관능.

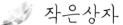 작은상자

바스코 포파

작은 상자는 젖니를 갖고 있다
그리고 짧은 길이와
좁은 넓이와 작은 공허
그밖에 모든 것을 갖고 있다

작은 상자는 계속 자란다
한때 상자가 들어 있던 벽장이
이제 상자 안에 들어와 있다

작은 상자는 커지고 커지고 더 커진다
이제 방이 상자 안에 들어와 있다
그리고 집과 도시와 대지도
그리고 이전에 상자가 들어가 있던 세계도

작은 상자는 어린 시절을 기억하고는
애타게 고대한 끝에
다시 작은 상자가 된다

이제 그 작은 상자 안에
축소된 전 세계가 있다
당신은 그것을 쉽게 주머니 안에 넣을 수 있고
쉽게 훔칠 수도 쉽게 잃어버릴 수도 있다

# 큰 집은 춥다

하우게

큰 집은 춥다.

가을에 그걸 알았다.

첫 눈송이들이 떨어지기 시작하고

서리 아래 땅이 굳어가는 때.

그러자 적막하게 모습을 드러낸다, 내 외로움이.

지붕은 삐걱대는 소리로 가득하고

언 숲의 도끼 소리는 날카롭게 짖는다.

나의 숲은

외로움의 숲 속에 있는 숲,

나의 산은

외로움의 산 속에 있는 산,

그리고 낮은

외로움의 밤 속에 있는 한 점 반짝임.

한참 만에 마주치는 사람과 짐승,

소나무 바늘과 잔가지를 갖고 어둔 그늘을 어슬렁거리나

서리 위로 발자국을 남기는 그들은,

외로움의 꿈속에 그림자 진 흐린 빛.

# 식당

프랜시스 잠

나의 식당에는 빛바랜 그릇장이 하나 있지요.
그는 나의 고모 할머니들의 목소리를 들었고
나의 할아버지의 목소리를 들었고
나의 아버지의 목소리도 들었지요.
이 장은 이 추억들을 잊지 않고 간직하고 있어요.
만일 사람들이 이 장이 묵묵부답이라고만 생각하면 잘못이지요.
나는 이 장과 이야기를 주고받으니까요.

식당에는 또 나무로 된 뻐꾸기 시계가 하나 있지요.
나는 이 시계가 왜 이제는 목소리가 없어졌는지 알 수 없어요.
그에게 물어볼 생각도 없구요.
아마 태엽 속에 담겼던 목소리가 깨어졌겠지요.
그저 죽은 사람의 목소리가 없어진 것같이.

거기에는 또 낡은 찬장이 하나 있지요.

그 속에는 밀랍, 잼,

고기, 빵, 그리고 무른 배 냄새가 납니다.

이 찬장은 충직한 청지기로 이 집에서

어떤 물건도 훔쳐내서는 안 된다는 것을 알고 있답니다.


우리 집에 왔던 많은 남녀 손님들은

이 물건들의 작은 영혼들이 있다는 것을 믿지 않습니다.

그러므로 어떤 손님이 집 안에 들어서면서

"잠므 씨, 어떠시오?"하고 물을 때

그가 살아 있는 나뿐이라고 생각하니 나는 웃음이 떠오르지요.

# 익나시오산체스메히아스의
죽음을애도하는노래

페데리코 가르시아 로르카

## 1. 받힘과 죽음

오후 다섯 시.
정확히 오후 다섯 시였다.
한 소년이 하얀 시트를 가져왔다
오후 다섯 시에.
석회 바구니가 준비되었다
오후 다섯 시에.
나머지는 죽음, 죽음뿐이었다.
오후 다섯 시.

바람은 면화(棉花)를 앗아갔다
오후 다섯 시에.
그리고 산화물은 수정과 니켈을 소산시켰다

오후 다섯 시에.

비둘기와 표범이 싸운다

오후 다섯 시에.

그리고 황폐한 뿔과 싸운 넓적다리

오후 다섯 시에.

저음의 현(絃)이 울렸다

오후 다섯 시에.

비소(砒素)의 종(鍾)과 연기

오후 다섯 시에.

모퉁이마다 침묵의 무리들

오후 다섯 시에.

그리고 투우만이 기가 나서!

오후 다섯 시에.

고체 무수탄소(無水炭素)의 땀이 나고 있었을 때

오후 다섯 시,

투우장이 옥소(沃素)로 뒤덮여 있었을 때

오후 다섯 시.

죽음이 상처에 알을 낳았다

오후 다섯 시에.

오후 다섯 시.

정확히 오후 다섯 시 정각에.

바퀴 위의 관이 그의 침상이다.

오후 다섯 시.

딱딱이와 플루트 소리가 그의 귀에서 울린다

오후 다섯 시에.

바야흐로 투우는 그의 이마를 관통하며 울부짖고 있었다

오후 다섯 시에.

방은 고통으로 찬란했다

오후 다섯 시에.

멀리서 이제 괴저(壞疽)가 오고 있다

오후 다섯 시에.

초록 살에 백합의 돌출

오후 다섯 시에.

상처는 태양처럼 불타고 있었다

오후 다섯 시에.

그리고 군중은 창문들을 부수고 있었다

오후 다섯 시에.

오후 다섯 시.

아, 그 운명의 오후 다섯 시!

모든 시계가 오후 다섯 시였다!

오후의 그늘이 진 다섯 시였다!

# 겨울 물고기

요제프 브르도스키

물고기는 겨울에도 산다.

물고기는 산소를 마신다.

물고기는 겨울에도 헤엄을 친다.

눈으로 얼음장을 헤치며.

저기

더 깊은 곳

바다처럼 깊은 곳으로.

물고기들

물고기들

물고기들

물고기는 겨울에도 헤엄을 친다.

물고기는 떠오르고 싶어한다.

겨울의

불안한 태양 밑에서.

물고기는 죽지 않으려고 헤엄을 친다.

영원히 같은

물고기의 방식으로.

물고기는 눈물을 흘리지 않는다.

얼음덩이 속에 머리를 기대고

차디찬 물속에서

얼어붙는다.

싸늘한 두 눈의

물고기들이.

물고기는

언제나 말이 없다.

그것은 그들이

말을 하지 않기 때문이다.

물고기에 대한 시(詩)도

물고기처럼

목구멍에 걸려

얼어붙는다.

# 튤립

실비아 플라스

튤립은 너무 흥분을 잘해요, 이곳은 겨울.
보세요, 모든 것이 순백색이잖아요, 조용하고 또 눈 속에 갇
혀 있어요.
햇살이 이 흰 벽, 이 침대, 이 손에 떨어질 때
나는 조용히 혼자 누워 평화를 배우고 있습니다.
나는 무명인(無名人)입니다. 그래서 폭발과는 아무 관계도 없지요.
나는 내 이름과 내 세탁물을 간호원들에게,
또 내 병력을 마취사에게, 내 몸은 외과 의사들에게 내주어
버렸답니다.

그들은 내 머리를 베개와 시트 끝동 사이에 받쳐놓았어요
마치 닫히지 않는 두 개의 흰 눈꺼풀 사이의 눈처럼.
멍청한 눈동자, 모든 걸 놓치지 않고 봐야만 된다니.
간호사들이 지나가고 또 지나가요, 그들이 성가시진 않아요.
그들은 흰 캡을 쓰고 갈매기가 내륙을 지나가듯 지나가죠.

저마다 손으로 일을 하면서, 이 간호원이나 저 간호원이나 똑같이,
그래서 얼마나 많은 간호원이 있는지는 모르겠어요.

내 몸은 그들에겐 조약돌이죠, 그들은 마치 물이 흘러넘어가
야만 하는
조약돌을 부드럽게 쓰다듬으며 돌보듯 그것을 보살펴 주지요.
그들은 빛나는 주사 바늘로 나를 마비시키고, 나를 잠재우지요.
이제 뭐가 뭔지 모르겠어요. 여행가방에는 신물이 났고—
까만 알약 상자 같은, 검은 에나멜 가죽으로 된 간단한 여행가방.
가족사진 속에서 미소짓고 내 남편과 아이.
그들의 미소가 내 살에 와 박힙니다, 미소짓는 작은 갈고리들.

나는 모든 것을 풀어 놓아버렸어요,
고집스럽게 내 이름과 주소에 매달린 서른 살의 화물선.
그들은 내 사랑스러운 기억들을 깨끗이 닦아버렸어요.

초록의 플라스틱 베개가 달린 운반 침대 위에서 알몸으로 겁
에 질린 채
나는 내 찻잔 세트, 내 속옷장, 내 책들이
시야에서 침몰해 가는 것을 보았습니다. 그리고는 물이 내 머
리를 뒤덮었지요.
나는 이제 수녀입니다. 이렇게 순결했던 적은 없었어요.

꽃은 필요 없어요, 그저
양 손을 위로 향하게 하고 누워서 완전히 나를 비워두고 싶을
뿐이었습니다.
얼마나 자유로운지, 당신은 모르실 걸요. 얼마나 자유로운지—
그 평화스러움이 너무 커서 멍해질 정도니까요,
그리고 그건 아무것도 요구하지 않아요, 명찰 하나와 자질구
레한 장신구 정도면 족해요.

평화란, 결국은, 죽은 자들이 다가와 에워싸는 것이죠, 나 그들이
성찬식 밀떡처럼 평화를 입에 넣고 다무는 것을 상상합니다.

튤립은 우선 너무 빨갛죠, 그 꽃들이 나를 아프게 합니다.
포장지를 통해서도 난 그들이 가볍게 숨쉬는 걸 들을 수 있답
니다.
지독한 아기처럼, 그들의 하얀 기저귀를 통해서.
튤립의 빨간색이 내 상처에 말을 겁니다, 그것은 잘 어울려요.
그들은 교활하죠. 둥둥 떠 있는 듯하지만 나를 내리누르며
그들의 느닷없는 혀와 색깔로 내 속을 뒤집어 놓아요,
내 목둘레엔 십여 개의 빨간 납 봉돌.

전엔 아무도 날 쳐다보지 않았지만, 지금은 주시당하고 있죠.
튤립이 내 쪽으로 고개를 돌리는군요, 하루에 한 번은
햇빛이 천천히 넓어졌다 천천히 가늘어지는 내 등 뒤의 창문도,

그리고 나는 태양의 눈과 튤립의 눈 사이에 있는
오려낸 종이 그림자같은, 밋밋하고 우스꽝스러운 나 자신을
봅니다.
그리고 내 얼굴이 없군요, 난 스스로를 지워 없애고 싶었답니다.
활기찬 튤립이 내 산소를 먹어치웁니다.

그들이 들어오기 전엔 공기가 무척 고요했지요.
법석 떨지 않고 살금살금 오가며.
그런데 튤립이 떠들썩한 소음처럼 공기를 꽉 채워버렸어요.
가라앉아 뻘겋게 녹슨 엔진 주위에 강이 부딪쳐 소용돌이치듯
이젠 공기가 튤립 주위에 부딪쳐 소용돌이치는군요.
그들은 얽매이지 않은 채 행복하게 놀고 쉬던
내 주위를 집중시킵니다.

벽들 또한 따뜻해지는 것 같군요.

튤립은 위험한 동물처럼 철책 안에 갇혀 있어야만 해요,

그들은 거대한 아프리카 고양이처럼 입을 벌리고 있어요.

그리고 난 내 심장을 깨닫게 되었어요. 그것은 나에 대한 순
수한 사랑에서

그 접시같은 빠알간 봉오리를 열었다 닫았다 합니다.

내가 맛보는 물은 바닷물처럼 따스하고 짜며,

건강처럼 머나먼 나라에서 오는군요.

# 화살과 노래

헨리 워즈워스 롱펠로

공중을 향해 화살 하나를 쏘았으나,
땅에 떨어졌네, 내가 모르는 곳에.
화살이 너무 빠르게 날아가서
눈길은 따라갈 수 없었네.

공중을 향해 노래 하나를 불렀으나,
땅에 떨어졌네, 내가 모르는 곳에.
어느 누가 그처럼 예리하고 강한 눈을 가져
날아가는 노래를 따라갈 수 있을까?

오랜, 오랜 세월이 흐른 뒤, 한 참나무에서
화살을 찾았네, 부러지지 않은 채로.
그리고 노래도, 처음부터 끝까지
한 친구의 가슴속에서 다시 찾았네.

# 4천의 낮과 밤

다무라 류이치

한 편의 시가 태어나기 위해서는,
우리는 살육하지 않으면 안 된다.
많은 것을 살육하지 않으면 안 된다.
사랑하는 많은 것을 사살하고, 암살하고, 독살해야 하는 것이다.

보라,
4천의 낮과 밤의 하늘로부터
오직 한 마리 작은 새의 떨리는 혀를 갖기 위해.
4천의 밤의 침묵과 4천의 낮의 역광을
우리는 사살했다.

들어라,

비 내리는 온갖 도시와 용광로,

한여름의 선창과 탄광으로부터

오직 하나 굶주린 아이의 눈물을 얻기 위해,

4천의 낮의 사랑과 4천의 밤의 연민을

우리는 암살했다.

기억하라,

우리의 눈에 보이지 않는 것을 보고,

우리의 귀에 들리지 않는 것을 듣는

오직 한 마리 들개의 공포를 얻기 위해,

4천의 밤의 상상력과 4천의 낮의 차가운 기억을

우리는 독살했다.


한 편의 시를 만들기 위해서는,

우리는 사랑스러운 것을 살육하지 않으면 안 된다

이는 죽은 자를 되살아나게 하는 단 하나의 길이니,

우리를 그 길을 가야만 한다.

# 내가 제일 예뻤을 때

이바라키 노리코


내가 제일 예뻤을 때
거리들은 와르르 무너져내리고
난데없는 곳에서
푸른 하늘 같은 게 보이곤 했다


내가 제일 예뻤을 때
주위 사람들이 숱하게 죽었다
공장에서 바다에서 이름도 없는 섬에서
나는 멋을 부릴 기회를 잃어버렸다


내가 제일 예뻤을 때
누구도 정다운 선물을 바쳐주지는 않았다
남자들은 거수경례밖엔 알지 못했고
서늘한 눈길만을 남기고 죄다 떠나버렸다

내가 제일 예뻤을 때
내 머리는 텅 비어 있었고
내 마음은 딱딱했으며
손발만이 밤색으로 빛났다

내가 제일 예뻤을 때
우리나라는 전쟁에 졌다
그런 어처구니 없는 일도 있을까
블라우스 소매를 걷어붙이고 비굴한 거리를 활보했다

내가 제일 예뻤을 때
라디오에선 재즈가 넘쳤다
금연을 깨뜨렸을 때처럼 어찔거리면서
나는 이국의 달콤한 음악을 탐했다

내가 제일 예뻤을 때
나는 너무나 불행했고
나는 너무나 안절부절
나는 더없이 외로웠다

그래서 결심했다 될 수만 있다면 오래 살기로
나이 먹고 지독히 아름다운 그림을 그린
프랑스의 루오 영감님처럼 말이지

# 니그로, 강에 대해 말하다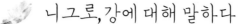

랜스턴 휴즈

나는 강을 안다.
태곳적부터, 인간 혈맥에 피가 흐르기 전부터 이미 흐르고 있
었던 강을 나는 안다.

나의 영혼은 강처럼 깊게 자라왔다.

인류의 여명기에 나는 유프라테스 강에서 목욕했으며
나는 또한 콩고 강가에 오두막을 지어 물소리 자장가 삼았다.
나는 나일 강 바라보며 그 위에 피라미드 세웠고
나는 또한 에이브 링컨이 뉴올리온스로 남행하고 있을 때 미
시시피 강이 그에게 들려주었던 노랫소리를 들었으며, 저녁
노을 받아 황금빛으로 물드는 이 강의 진흙 젖가슴을 줄곧 지
켜 보았다.

나는 강을 안다.

저 태곳적부터의 아슴푸레하던 강을.

나의 영혼은 강처럼 깊게 자라왔다.

# 나의 방랑

아르튀르 랭보

터진 주머니에 손을 찌르고 나는 갔지.
윗도리는 보기 좋게 해졌지!
시신(詩神)이여, 난 하늘 아래 걸어가는 그대의 충신.
오! 라라! 내 얼마나 멋진 사랑을 꿈꾸었던가!

단벌 바지엔 커다란 구멍이 하나 났지.
―어린 몽상가인 난 가는 길에서 시를
얻었지. 내 잠자리는 큰곰자리.
―내 별은 하늘에서 다정하게 소리내고 있었지.

길가에 앉아 별의 소리를 들었지.
9월 아름다운 저녁, 이마엔 이슬방울
떨어졌어, 내 힘내는 술인 양.

환상적인 그림자 사이에선 운을 맞추며
나도 리라 타듯 가슴 가까이 발을 들고,
터진 신발 끈을 잡아 당겼지!

사랑이 가네 흐르는 강물처럼

사랑이 떠나가네

이니스프리 호도

윌리엄 버틀러 예이츠

나 이제 일어나 가리, 이니스프리로 가리,
거기 외 엮어 진흙 바른 오막집 짓고
아홉 이랑 콩을 심고, 꿀벌통 하나 두고,
벌들 잉잉대는 숲속에 홀로 살으리.

또 거기서 얼마쯤의 평화를 누리리, 평화는 천천히
아침의 베일로부터 귀뚜리 우는 곳으로 떨어져내리는 것,
한밤은 희미하게 빛나고, 대낮은 자줏빛으로 타오르며,
저녁엔 홍방울새 날개 소리 가득한 곳.

나 이제 일어나 가리, 밤이나 낮이나
호숫가의 잔물결 소리 듣고 있느니,
한길이나 잿빛 포도(鋪道)에 서 있으면
가슴 깊은 곳에서 그 소리 듣네.

# 가을날

라이너 마리아 릴케

주여, 때가 왔습니다. 여름은 참으로 위대했습니다.
당신의 그림자를 태양 시계 위에 던져 주시고,
들판에 바람을 풀어놓아 주소서.

마지막 열매들이 탐스럽게 무르익도록 명해 주시고,
그들에게 이틀만 더 남국의 나날을 베풀어 주소서,
열매들이 무르익도록 재촉해 주시고,
무거운 포도송이에 마지막 감미로움이 깃들이게 해 주소서.

지금 집 없는 사람은, 이제 집을 지을 수가 없습니다.
지금 홀로 있는 사람은 오래오래 그러할 것입니다.
깨어서, 책을 읽고, 길고 긴 편지를 쓰고
나뭇잎이 굴러갈 때면, 불안스레
가로수 길을 이리저리 소요할 것입니다.

# 죽음의 푸가

파울 첼란

새벽의 검은 우유 우리는 마신다 저녁에
우리는 마신다 점심에 또 아침에 우리는 마신다 밤에
우리는 마신다 또 마신다
우리는 공중에 무덤을 판다 거기서는 비좁지 않게 눕는다
한 남자가 집 안에 살고 있다 그는 뱀을 가지고 논다 그는 쓴다
그는 쓴다 어두워지면 독일로 너의 금빛 머리카락 마르가레테
그는 그걸 쓰고는 집 밖으로 나오고 별들이 번득인다 그가 휘
파람으로 자기 사냥개들을 불러낸다
그가 휘파람으로 자기 유대인들을 불러낸다 땅에 무덤 하나
를 파게 한다
그가 우리들에게 명령한다 이제 무도곡을 연주하라

새벽의 검은 우유 우리는 너를 마신다 밤에

우리는 너를 마신다 아침에 또 점심에 우리는 너를 마신다 저녁에

우리는 마신다 또 마신다

한 남자가 집 안에 살고 있다 그는 뱀을 가지고 논다 그는 쓴다

그는 쓴다 어두워지면 독일로 너의 금빛 머리카락 마르가레테

너의 재가 된 머리카락 줄라미트 우리는 공중에 무덤을 판다

공중에선 비좁지 않게 눕는다


그가 외친다 더욱 깊이 땅나라로 파 들어가라 너희들 너희 다

른 사람들은 노래하고 연주하라

그가 허리춤의 권총을 잡는다 그가 총을 휘두른다 그의 눈은

파랗다

더 깊이 삽을 박아라 너희들 너희 다른 다른 사람들은 계속

무도곡을 연주하라

새벽의 검은 우유 우리는 너를 마신다 밤에
우리는 너를 마신다 낮에 또 아침에 우리는 너를 마신다 저녁에
우리는 마신다 또 마신다
한 남자가 집 안에 살고 있다 너의 금빛 머리카락 마르가레테
너의 재가 된 머리카락 줄라미트 그는 뱀을 가지고 논다
그가 외친다 더 달콤하게 죽음을 연주하라 죽음은 독일에서
온 명인

그가 외친다 더 어둡게 바이올린을 켜라 그러면 너희는 연기
가 되어 공중으로 오른다
그러면 너희는 구름 속에 무덤을 가진다 거기서는 비좁지 않
게 눕는다

새벽의 검은 우유 우리는 너를 마신다 밤에

우리는 마신다 너를 점심에 죽음은 독일에서 온 명인

우리는 마신다 너를 저녁에 또 아침에 우리는 마신다 또 마신다

죽음은 독일에서 온 명인 그의 눈은 파랗다

그는 너를 맞힌다 납 총알로 그는 너를 맞힌다 정확하다

한 남자가 집 안에 살고 있다 너의 금빛 머리카락 마르가레테

그는 우리를 향해 자신의 사냥개들을 몰아댄다 그는 우리에

게 공중무덤 하나를 선사한다

그는 뱀을 가지고 논다 또 꿈꾼다 죽음은 독일에서 온 명인


너의 금빛 머리카락 마르가레테

너의 재가 된 머리카락 줄라미트

# 순수의 전조(前兆)

월리엄 블레이크

한 알의 모래 속에 세계를 보며
한 송이 들꽃에서 천국을 본다.
그대 손바닥 안에 무한을 쥐고
한순간 속에 영원을 보라.
새장에 갇힌 한 마리 로빈새는
천국을 온통 분노케 하며,
주인집 문 앞에 굶주림으로 쓰러진 개는
한 나라의 멸망을 예고한다.
쫓기는 토끼의 울음소리는
우리의 머리를 찢는다.
종달새가 날개에 상처를 입으며
아기천사는 노래를 멈추고⋯⋯
모든 늑대와 사자의 울부짖음은
인간의 영혼을 지옥에서 건져 올린다.

여기저기를 헤매는 들사슴은

근심으로부터 인간의 영혼을 해방시켜 준다.

학대받는 양(羊)은 전쟁을 낳지만,

그러나 그는 백정의 칼을 용서한다.

그렇게 되는 것은 올바른 일이다.

인간은 기쁨과 비탄을 위해 태어났으며

우리가 이것을 올바르게 알 때,

우리는 세상을 안전하게 지나갈 수 있다.

기쁨과 비탄은 훌륭하게 직조되어

신성한 영혼에는 안성맞춤의 옷,

모든 슬픔과 기쁨 밑으로는

비단으로 엮어진 기쁨이 흐른다.

아기는 강보 이상의 것,

이 모든 인간의 땅을 두루 통해서

도구는 만들어지고, 우리의 손은 태어나는 것임을

모든 농부는 잘 알고 있다……

자신이 보는 것을 의심하는 사람은

그대가 무엇을 하건, 그것을 결코 믿지 않을 것이다.

해와 달이 의심을 한다면

그들은 곧 사라져버릴 것이다.

열정 속에 있는 것은 좋은 일이지만

열정이 그대 속에 있는 것은 좋지 않다.

국가의 면허를 받은 매음부와 도박꾼은

바로 그 나라의 운명을 결정한다.

이 거리 저 거리에서 들려오는 창부의 흐느낌은

늙은 영국의 수의를 짤 것이다……

# 새로운 사랑의 품에서

잘랄 앗 딘 알 루미

새로운 사랑의 품에서 죽음을 맞이하라

당신의 길은 다른 쪽에서 시작된다

하늘이 되라

감옥의 벽을 향해 도끼를 세우라

탈출하라

찬연히 문득 태어나 걸어 나가라

바로 지금

당신은 먹구름에 덮여 있다

그 끝을 지나 죽음을 맞이하라

그리고 침묵

침묵은 죽음의 가장 확실한 징표

지난 삶은 고요를 떠난 광란의 질주였나니

다시 보름달은 침묵 속에 뜨고

# 어머니께 드리는 편지

세르게이 알렉산드로비치 예세닌

늙으신 어머님, 아직 살아 계십니까?
저도 살아 있습니다. 문안드립니다, 인사를!
당신의 오두막집 위로
그 기막힌 저녁 빛이 흐르기를 빕니다.

당신은 불안을 숨긴 채,
내 걱정을 많이 하시고,
그 옛날 헌 코트를 입고
자주 한길로 나오신다구요.

그리고 저녁의 푸른 어둠 속에서
늘 같은 생각이겠지요—
술집 싸움에서 누군가
핀란드의 칼을 내 가슴에 꽂는 것 같다고.

괜찮아요, 어머니! 안심하세요.
그것은 괴로운 환상일 뿐입니다.
당신을 뵙지 않고 죽어버릴,
술고래는 아닙니다.

예전처럼 정답게
꿈꾸는 건
불안한 고뇌에서 하루빨리 벗어나,
나지막한 우리 집으로 돌아가는 것뿐입니다.

저는 돌아가겠습니다, 우리의 하얀 뜰이
봄처럼 가지를 활짝 펼칠 때,
다만 8년 전처럼
새벽에 저를 깨우지만 마세요.

사라진 몽상을 깨우지 마세요,
이루지 못한 것을 자극하지 마세요—
저는 인생에서 피로와 상실을
너무 많이 겪어야 했어요.

그리고 저에게 기도를 가르치지 마세요. 필요 없어요!
다시는 옛날로 돌아갈 수 없으리니,
당신만이 내 구원이요 위안입니다.
당신만이 내 말 못할 빛입니다.

그러니 불안일랑 잊으시고
내 걱정 너무 마세요,
유행 지난 코트를 입고,
너무 자주 한길로 나오지 마세요.

# 우리들의 행진곡

블라디미르 마야코프스키


폭동의 발걸음 소리를 광장에 울려라!
산맥을 이룬 당당한 머리 위로 높이 솟아라!
우리는 두 번째 노아의 홍수로
세상의 온 도시를 씻어버리리라.


일상의 소는 얼룩소
세월의 마차는 느리다.
우리의 신이 달린다.
우리의 심장은 드럼이다.

우리의 황금보다 매혹적인 것이 있을까?
탄환의 땅벌은 우리가 쏠까?
우리의 무기 – 우리의 노래.
우리의 황금 – 울려퍼지는 목소리.

초원아, 푸르러라,
세월을 위해 바닥을 깔아라.
쏜살같이 달리는 세월의 말에
무지개여, 멍에를 씌워라.

보아라, 별들이 빛나는 하늘이 지루하기만 하다!
하늘의 도움 없이 우리 노래를 엮어보자.
예이, 큰곰자리여! 요구하라,
우리를 산 채로 하늘로 모시도록.


기쁨을 마셔라! 노래하라!
혈관에 봄이 넘쳐흐른다.
심장이여, 드럼을 쳐라!
우리 가슴 — 팀파니의 구리이다.

유예된 시간

잉게보르크 바하만

보다 혹독한 날들이 다가오고 있다.
판결의 파기(破棄)로 유예된 시간이
지평선에 보이게 되리라.
이제 곧 그대는 구두끈을 조여매고
개들을 늪지로 쫓아버려야 한다.
물고기의 내장들은
바람을 맞아 차갑게 식어버렸으니.
초라하게 루핀의 빛이 타오르고 있다.
그대의 시선이 안개 속에 궤적을 남기니,
판결의 파리하고 유예된 시간이
지평선에 보이게 되리라.


저편에서 그대의 연인이 모래에 묻혀 가라앉고 있다.
모래는 그녀의 나부끼는 머리칼까지 솟아오르고,
모래는 그녀의 말을 가로 막아

118

침묵하라고 명령한다.

모래는 그녀가 죽어가고 있음을,

모든 포옹 뒤

기꺼이 이별을 감수하고 있음을 보고 있다.


뒤돌아보지 말라.

그대의 구두끈을 조여 매라.

개들을 쫓아 보내라.

물고기를 바닷속에 던져 버려라.

루핀의 빛을 꺼버려라!


보다 혹독한 날들이 다가오고 있다.

# 야간 통행금지

폴 엘뤼아르

어쩌란 말인가 문은 감시당하는데
어쩌란 말인가 우리는 갇혀 있는데
어쩌란 말인가 통행은 금지되었는데
어쩌란 말인가 도시는 정복당했는데
어쩌란 말인가 도시는 굶주리는데
어쩌란 말인가 우리에겐 무기가 없는데
어쩌란 말인가 밤이 되었는데
어쩌란 말인가 우리는 서로 사랑했는데

# J. 앨프래드 프루프록의 연가

T.S.엘리어트

만일 내 대답이 세상으로 돌아갈 사람에게 하는 것이라 생각한다면
이 불길은 더 이상 흔들리지 않으리라. 그러나 아무도 산 채로
이 심연에서 돌아간 사람이 없기에,
내가 들은 말이 사실이라면 수치의 두려움 없이 그대에게 대답하겠노라.


자 우리 가볼까, 당신과 나와 수술대 위에 누운 마취된 환자
처럼
저녁이 하늘을 배경으로 사지를 뻗고 있는 지금;


우리 가볼까, 한산한 어느 거리,
싸구려 일박호텔의 불안한 밤의 속삭거리는 으슥한 길,
굴껍질 흩어진 톱밥 깔린 레스토랑을 지나:

위압적인 문제로 당신을 인도할
음흉한 의도의 지리한 논의처럼 잇단 거리들을 지나……

오, 묻지 말아다오, "그것이 무엇이냐?"고.
우리 가서 방문이나 해보자.

방안에는 여인들이 오고 간다
미켈란젤로를 이야기하면서.

등을 창유리에 비비는 노란 안개,
주둥이를 창유리에 비비는 노란 연기
혀로 저녁의 구석구석을 핥았다가,
하수도에 괸 웅덩이에 머뭇거리다가

굴뚝에서 떨어지는 검댕을 자기 등에다 떨어뜨리고,
테라스를 살짝 빠져나가, 별안간 껑충 뛰었다가
온화한 10월의 밤임을 알고서
한번 집 둘레를 살피고서는 잠이 들었다.


정말이지 시간은 있으리라
등을 창유리에 비비며
거리를 따라 미끄러져 가는 노란 안개에게도;


시간은 있으리라. 시간은 있으리라
당신이 만날 얼굴들을 만들기 위해 얼굴을 꾸밀;
시간은 있으리라 살인하고 창조할,
당신의 접시에다 문제를 들어 올렸다 내려놓을
양손의 모든 일과 날들에게도 시간은 있으리라;

당신에게도 시간이, 나에게도 시간이,

아직 백 가지 망설일 시간이,

백 가지 몽상과 수정의 시간이,

토스트와 차를 들기 이전에.


방 안에는 여인들이 오고 간다.

미켈란젤로를 이야기하면서.


정말이지 시간은 있으리라

"한번 해볼까?" "한번 해볼까?" 하고 생각할.

내 머리칼의 한복판에 대머리 반점을 이고서

되돌아서 층계를 내려갈 시간이,


(그녀들은 말하리라: "그런데 저 사람 머리칼은 점점 숱이 빠지네!")

나의 모닝코트, 턱까지 빳빳이 솟은 칼라,
화려하나 점잖은, 그러나 소박한 핀을 꽂은 넥타이

(그녀들은 말하리라: "그런데 저 사람 팔다리가 가늘기도 해!")

내가 한번
천지를 뒤흔들어나 볼까?

한 순간에도 있다
한 순간이 역전시킬 결정과 수정의 시간이.
왜냐면 나는 이미 그녀들을 알고 있기에, 그녀들을 다 알고
있기에—

저녁과 아침과 오후를 알고 있기에,
나는 내 삶을 차 스푼으로 저어 왔기에:

먼 방에서 들려오는 음악 속에
종지로 작아져 가는 목소리들을 알고 있기에,

그러니 어떻게 내가 해볼 수 있으랴?
그리고 나는 이미 그 눈들을 알고 있기에, 그녀들의
눈을 모두 알고 있기에

공식적 문구로 당신을 고정시켜 버리는 눈들을,
그래서, 핀에 꽂혀 사지를 뻗고, 내가 공식화될 때,
내가 핀에 꽂혀 벽에서 꿈틀거리고 있을 때,

어떻게 내가 뱉기 시작할 수 있으랴.
내 일상생활의 온갖 꽁초들을?
그러니 어떻게 내가 해볼 수 있으랴?

그리고 나는 이미 그 팔들을 알고 있기에, 그녀들의
팔을 모두 알고 있기에
팔찌를 낀, 하얗게 드러낸 팔들을

(그러나 램프불 아래선, 엷은 갈색 솜털이 나 있는!)

나를 이렇게 탈선시킴은
옷에서 풍기는 향수 때문일까?
테이블을 따라 놓인, 혹은 숄을 휘감은 팔들.

그러니 어떻게 해볼 수 있으랴?
어떻게 내가 시작할 수 있으랴?

. . . . . . . . . . .

128

이렇게나 말할까, 땅거미 질 무렵 좁은 거리를 지나가다가
창밖으로 몸을 내민 셔츠 바람의 고독한 남자의
파이프에서 솟아오르는 연기를 지켜보았다고나?⋯⋯

차라리 나는 조용히 바다 바닥을 허둥지둥 달리는, 한쌍의
게 집게발이라도 되었으면 좋겠다.

. . . . . . . . . . .

그리고 오후. 저녁이 매우 평화롭게 잠들어 있다!
긴 손가락의 애무를 받으며,
잠들었거나⋯⋯ 지쳤거나⋯⋯ 아니면 꾀병부리고 있다.

여기 당신과 내 곁에서, 마루에 몸을 쭉 뻗고서.
내가, 차와 케익과 아이스크림을 먹고 난 뒤
순간을 위기로 몰고 갈 힘을 가질 수 있을까?

그러나 내가 울고 금식하고, 울고 기도했지만,
내 머리(약간 대머리인)가 접시에 담겨 오는 것을 보긴 했지만
나는 전혀 예언자가 아니다? 그리고 이건 큰 문제가 아니다:

나는 내 위대함의 순간이 깜빡거리는 것을 보았다.
그리고 영원한 하인이 내 코트를 잡고 킥킥 웃는 것을 보았다.
요컨대, 나는 겁이 났었다
그런데, 그럴 보람이 있었을까.

컵과 마멀레이드, 차 후에
그릇들 사이에서, 당신과 나의 몇 마디 이야기 사이에서,
그럴 보람이 있었을까,
문제를 미소로 깨물어 잘라버렸다면,
세계를 압착하여 하나의 공으로 만들어
어떤 위압적인 문제를 향해 그것을 굴렸었더라면.

나는 죽은 자들로부터 온 나자로
"당신들 모두에게 말하러 돌아왔다, 당신들 모두에게 말하련다"고
만일 말한다면? 한 여인이 그녀의 머리맡의 베개를 고치며

이렇게 말한다면: "그건 전혀 제 뜻이 아니에요.
그건 전혀 그렇지가 않아요."
그런데 그럴 보람이 있었을까, 결국
그것이 그럴 보람이 있었을까,

석양과 마당과 물 뿌려진 거리 뒤에,

소설, 찻잔, 마루를 따라 질질 끄는 스커트 뒤에—

그리고 이것과 다른 많은 것들 뒤에……?

내가 말하고 싶은 것을 표현하기란 불가능하다!


하지만 마치 환등이 스크린에 신경조직을 투사한 거와 마찬

가지.

그럴 보람이 있었을까

만일 한 여인이, 베개를 고치거나, 숄을 내던지며,

창문 쪽을 향해 말한다면:


"그건 전혀 그렇지가 않아요,

그건 전혀 제 뜻이 아니예요."


. . . . . . . . . .

아냐! 나는 햄릿왕자가 아냐. 또 그런 사람이 못돼;
시종관, 왕의 행차를 흥성히 하거나,
한두 장면을 시작시키거나,
왕자에게 조언이나 할 사람; 확실히, 손쉬운 연장,

굽실거리고, 심부름하기 즐겁게 여기고,
교활하고, 조심성 많고 소심하고;
호언장담을 잘 하지만, 약간 둔감하고;
때로는, 정말로, 거의 가소롭고—
때로는 거의 어릿광대.

나는 늙어간다…… 나는 늙어간다……

바짓자락을 접어 올려 입어나 볼까.

머리칼을 뒤로 갈라나 볼까? 감히 복숭아를 먹어나 볼까?

흰 플란넬 바지를 입고서 해변을 걸어봐야지.

나는 들었다. 인어들이 서로에게 노래하는 것을,

나는 인어들이 내게 노래해 주리라곤 생각하지 않는다.


나는 보았다. 인어들이 파도를 타고 바다 쪽으로 가며

뒤로 젖혀진 파도의 하얀 머리칼을 빗는 모습을,

바람이 바닷물을 희고 검게 불 때에.

우리는 바다의 방에 머물렀었다.

 적갈색 해초를 휘감은 바다 처녀들 곁에,

이윽고 인간의 목소리들이 우리를 깨워, 우리는 익사한다.

# 수박을 기리는 노래

파블로 네루다

찌는 여름의
나무,
단단하고,
온통 푸른 하늘,
황색 태양,
지쳐 늘어짐,
고속도로 위의
칼,
도시들 속의
그슬린 구두:
그 밝음과 세계가
우리를 내리누르고,
두 눈을
찌른다
자욱한 먼지

갑작스런 금빛 강타로,

그것들은 우리 다리를

고문한다

작은 가시들로

뜨거운 돌들로,

그리고 입은

괴롭다

발가락들보다 더:

목은

탄다,

이도

입술도, 혀도:

우리는 마시고 싶다

폭포를,

검푸른 하늘을,

남극을,
그런 뒤
제일 찬 것
하늘을 가로지르는
별들을,
그 둥글고, 멋지고,
별 가득한 수박을.

그건 목마른 나무에서 딴 것.
그건 여름의 초록 고래.

이 서늘한 창공에 의해
돌연
검은 별들이 주어진
메마른 우주는

부푸는
과일을
내려준다:
그 반구(半球)는 열린다
푸르고, 희고, 붉은
깃발 하나 보이며,
거친 강이 되고
설탕이 되고,
기쁨이 된다!

물의 보석상자,
과일가게의 냉정한
여왕,
심오함의
창고,

땅 위의

달!

너는 순수하다,

네 풍부함 속에

흩어져 있는 루비들,

그리고 우리는

너를 깨물고

싶다,

우리의

얼굴을

네 속에 파묻고 싶다,

우리 머리카락, 그리고

영혼도!

우리가 목마를 때

우리는 너를 힐끗 본다

마치

환상적인 음식의

광산이나 산인 듯이,

허나

우리의 갈망과 이빨 사이에서

너는 바뀐다

다만

서늘한 빛으로?

언젠가 노래하며

우리를 설레게 한

샘물

속으로

미끄러져 들어가는 빛.

그게 네가

오븐과도 같은

낮잠 시간에
우리를 허덕이게 하지 않는 이유,
너는 우리를 허덕이게 하지 않는다,
너는 다만
지나간다
그리고 무슨 차가운 잔화(殘火)인, 네 심장은,
한 방울 오롯한
물방울로 변한다.

# 나 자신의 노래 1

월트 휘트먼

나는 나 자신을 기리고 나 자신을 노래한다.
내 믿는 바를 그대 또한 믿게 되리라.
내게 속하는 모든 원자(原子)가 그대에게 속하기 때문.

나는 빈둥거리며 내 영혼을 초대한다.
나는 한가로이 기대이며 헤매며 여름 풀의 이파리를 바라본다.

나의 혀, 내 피의 원자가 이 토지, 이 공기로 빚어졌고
나를 이렇게 낳아 준 부모도 똑같이 부모에게서 태어났고, 그
부모에게도 또 부모가 있다.
지금 빈틈없는 건강체인 서른일곱의 나는
숨지는 날까지 그치지 않기를 바라며 여기 첫 걸음을 시작한다.

신조나 학파는 내버려 둔 채

지금 상태에 만족하여 잠시 물러서지만

그러나 잊어버리진 않으리라.

좋든 궂든 항구에 정박하여 나는 허용하리라,

자연이 타고난 정력으로 거침없이 말하는 것을.

# 바다의 미풍

스테판 말라르메

오! 육체는 슬퍼라, 그리고 나는 모든 책을 다 읽었노라.

떠나 버리자, 저 멀리 떠나 버리자.

새들은 낯선 거품과 하늘에 벌써 취하였다.

눈매에 비친 해묵은 정원도 그 무엇도

바닷물에 적신 내 마음을 잡아 두지 못하리,

오, 밤이여! 잡아 두지 못 하리,

흰빛이 지켜 주는 백지, 그 위에 쏟아지는 황폐한 밝음도,

어린아이 젖 먹이는 젊은 아내도.

나는 떠나리 ! 선부(船夫)여, 그대 돛을 흔들어 세우고 닻을 올려

이국의 자연으로 배를 띄워라.

잔혹한 희망에 시달린 어느 권태는

아직도 손수건의 그 거창한 작별을 믿고 있는지.

그런데, 돛들이 이제 북풍을 부르니

우리는 어쩌면 바람에 밀려 길 잃고

돛도 없이 돛도 없이, 풍요한 섬도 없이 난파하는가

그러나, 오 나의 가슴아, 이제 뱃사람들의 노랫소리를 들어라.

지평선

막스 자콥

그녀의 하얀 팔이
내 지평선의 전부였다.

# 반평생

프리드리히 횔덜린


노란 배 열매와

들장미 가득하여

육지는 호수 속에 매달려 있네.

너희 사랑스러운 백조들

입맞춤에 취해

성스럽게 깨어 있는 물속에

머리를 담그네.


슬프다, 내 어디에서

겨울이 오면, 꽃들과 어디서

햇볕과

대지의 그늘을 찾을까?

성벽은 말없이

차갑게 서 있고, 바람결에

풍향계는 덜걱거리네

# 경이로움

비스와바 쉼보르스카

무엇 때문에 그 누구도 아닌 바로 이 한 사람인 걸까요?

나머지 다른 이들 다 제쳐두고 오직 이 사람인 이유는 무엇일까요?

나 여기서 무얼 하고 있나요?

수많은 날들 가운데 하필이면 화요일에?

새들의 둥지가 아닌 사람의 집에서?

비늘이 아닌 피부로 숨을 쉬면서?

잎사귀가 아니라 얼굴의 거죽을 덮어쓰고서?

어째서 내 생은 단 한번뿐일 걸까요?

무슨 이유로 바로 여기, 지구에 착륙한 걸까요? 이 작은 행성에?

얼마나 오랜 시간 동안 나 여기에 없었던 걸까요?

모든 시간을 가로질러 어째서 여기까지 왔을까요?

무엇 때문에 천인(天人)도 아니고, 강장동물도 아니고, 해조류
도 아닌 걸까요?

무슨 사연으로 단단한 뼈와 뜨거운 피를 가졌을까요?

나 자신을 나로 채운 것은 과연 무엇일까요?

왜 하필 어제도 아니고, 백 년 전도 아닌 바로 지금
왜 하필 옆 자리도 아니고, 지구 반대편도 아닌 바로 이곳에
앉아서
어두운 구석을 뚫어지게 응시하며
영원히 끝나지 않을 독백을 읊조리고 있는 걸까요?
마치 고개를 빳빳이 세우고 으르렁대는 성난 강아지처럼.

가로등의 꿈

볼프강 보르헤르트

나 죽으면
어쨌든
가로등이 되고 싶네
하여 너의 문 앞에 서서
납빛
저녁을 환히 비추리.
아니면 커다란 증기선이 잠자고
소녀들이 웃음을 짓는 항구.
가느다랗게 나 있는 불결한 운하 옆에서
나는 깨어
고독하게 걸어가는 사람에게
눈짓을 보내리.

좁다란
골목, 어느 선술집 앞에
붉은 양철 가로등으로
나는 걸려 있고 싶네……
하여 무심코
밤바람에 실려
그들의 노래에 맞추어 흔들리고 싶네.

아니면 한 아이가 있어
혼자 있음을 깨닫고, 창틈에서
바람이 으르렁거리며
창 밖에는 꿈들이 귀신처럼 출몰하여
놀라워하거든, 눈을 크게 뜨고
그 아이를 비추어주는 가로등이 되고 싶네.

그래, 나 죽거든
어쨌든 가로등이
되어,

이 세상 모든 것이 다 잠든
밤에도 오로지 홀로 깨어
달과 이야기를 나누고 싶네……
물론 너, 나 하는 친숙한 사이로

대답

베이다오

비열은 비열한 자의 통행증이며
고상함은 고상한 자의 묘비명이다.
보라, 저 금도금한 하늘에
죽은 자의 일그러져 거꾸로 선 그림자들이 가득 차 나부끼는
것을.

빙하기는 벌써 지나갔건만
왜 도처에 얼음뿐인가?
희망봉도 발견되었건만
왜 사해(死海)에는 온갖 배들이 앞을 다투는가?

내가 이 세상에 왔던 것은
단지 종이, 새끼줄, 그림자를 가져와
심판에 앞서
판결의 목소릴 선언하기 위해서였단 말인가.

너에게 이르노니, 세상이여
난—믿지—않는다!
네 발 아래 천 명의 도전자가 있더라도
나를 천한 번째로 세어다오.

난 하늘이 푸르다고 믿지 않는다.
난 천둥의 메아리를 믿지 않는다.
난 꿈이 거짓임을 믿지 않는다.
난 죽으면 보복이 없다는 것을 믿지 않는다.

만약 바다가 제방을 터뜨릴 운명이라면
온갖 쓴 물을 내 가슴으로 쏟아 들게 하여라.
만약 육지가 솟아오를 운명이라면
인류로 하여금 생존을 위한 봉우리를
다시 한 번 선택하게 하여라.

새로운 조짐과 반짝이는 별들이
바야흐로 막힘없는 하늘을 수놓고 있다.
이들은 오천 년의 상형문자들이고
미래 세대의 응시하는 눈동자들이다.

159

오직 드릴 것은 사랑뿐이리

마야 엔젤로우


꽃은 피어도 소리가 없고
새는 울어도 눈물이 없고
사랑은 불타도 연기가 없더라


장미가 좋아서 꺾었더니 가시가 있고
친구가 좋아서 사귀었더니 이별이 있고
세상이 좋아서 태어났더니 죽음이 있더라나!


시인이라면 그대에게 한편의 시를 드렸으리……
나! 목동이라면 그대에게 한 잔의 우유를 드렸으리……
나! 가진 것 없는 가난한 자이기에 드릴 것은 오직 사랑뿐이
리……

# 숲의 대화

요제프 폰 아이헨도르프

벌써 늦었다, 벌써 추워졌다.
너는 홀로 숲속을 뭘 그리 달리고 있는가?
숲은 길다, 너는 혼자다,
너 어여쁜 신부여, 나는 네 뒤를 가만히 쫓는다.

남자들의 기만과 술수는 크지요.
고통 앞에서 내 마음은 깨졌지요.
사냥나팔도 때마침 이리저리 헤매고 있으니
오, 도망쳐요, 당신은 내가 누군지 모르잖아요.

그토록 호화스럽게 꾸민 말과 여인,
그토록 놀랍도록 아름다운 젊은 육체,
이제야 나는 널 알아봤어! −오 하느님 함께 계시기를!
너는 마녀 로렐라이!

"나를 잘 알고 있구나 – 높은 석벽에서
내 성이 라인강 물 속 깊이 바라보고 있지.
벌써 늦었다, 벌써 추워졌어,
너는 더 이상 숲 밖으로 나갈 수 없어!"

# 불과 재

프랑시스 퐁주

민첩한 불, 움직이지 않는 재. 찡그리는 불, 차분한 재. 원숭이 같은 불, 고양이 같은 재. 가지에서 가지로 기어오는 불, 내려서 쌓이는 재. 일어나는 불, 더미지는 재. 빛나는 불, 윤기 없는 재. 소리내는 불, 침묵하는 재. 뜨거운 불, 차가운 재. 붉은 불, 회색의 재. 죄지은 불, 희생자인 재. 그리스 불, 사빈의 재. 정복하는 불, 정복당한 재. 무서워하는 불, 한탄하는 재. 대담한 불, 쉽게 흩어지는 재. 길들일 수 없는 불, 쓸어버릴 수 있는 재. 장난치는 불, 진지한 재. 동물적인 불, 광물적인 재. 성마른 불, 벌벌 떠는 재. 파괴하는 불, 쌓아올리는 재. 언제나 가까이 있는 붉은 불과 회색빛 재 – 자연이 총애하는 깃발들 중의 하나.

# 모든 일에서 극단에까지 가고 싶다

보리스 파스테르나크


모든 일에서

극단에까지 가고 싶다.

일에서나 길에서나

마음의 혼란에서나


재빠른 나날의 핵심에까지

그것들의 원인과

근원과 뿌리

본질에까지


운명과 우연의 끈을 항상 잡고서

살고

생각하고

느끼고

사랑하고

발견하고 싶다.

아, 만약 부분적으로라도
나에게 그것이 가능하다면
나는 여덟 줄의 시를 쓰겠네.
정열의 본질에 대해서
오만과 원죄에 대해서
도주나 박해
사업상의 우연과
척골과 손에 대해서도
그것들의 법칙을 나는 찾아내겠네.
그 본질과
이니셜을
나는 다시금 반복하겠네.

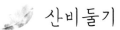 # 산비둘기

장 콕토

산비둘기 두 마리가
상냥한 마음으로
사랑했지요.

그 나머지는
차마 말씀드릴 수 없네요.

# 아름다운 사람

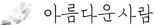

헤르만 헤세

장난감을 받고서
그걸 바라보고 얼싸 안고서
기어이 부숴버리는
다음날엔 벌써 그걸 준 사람조차
잊고마는 아이들같이

당신은
내가 드린 내 마음을
고운 장난감 같이 조그만 손으로 장난을 하고
내 마음이 고뇌에 떠는 것을 돌보지 않는다.

# 언덕 꼭대기에 서서 소리치지 말라

하우게

거기 언덕 꼭대기에 서서
소리치지 말라.
물론 네 말은
옳다, 너무 옳아서
말하는 것이
도리어 성가시다.
언덕으로 들어가,
거기 대장간을 지어라.
거기 풀무를 만들고,
거기 쇠를 달구고,
망치질하며 노래하라!
우리가 들을 것이다,
듣고,
네가 어디 있는지 알 것이다.

당신의 오두막집 위로 그 기막힌

저녁빛이 흐르기를 빕니다

# 두이노의 비가(悲歌)·9

라이너 마리아 릴케

어찌 삶이라는 시간은 시작부터
사라져 가는 걸까. 주위보다 좀 어두운 음영 드리우고
모든 잎새 가장자리마다 잔물결 일으키고 있는
월계수처럼(바람의 미소 같이). ― 또 어찌하여
삶이 인간적이어야 한다는 것인가 ― 운명을
피하면서 그리워한다는 말인가……


오오, 삶이 행복해서가 **아니다**,
행복이란 다가오는 손실에 앞선 이득일 뿐이니.
호기심 때문도, 월계수 속에도 **들어 있을**
마음을 단련하려는 것도 아니다……

다만 많은 것들이 여기에 있기 때문이다. 삶 속에 있는
모든 것, 사라져가는 것이 우리에겐 필요하며
이상하게도 우리와 관련돼 있기 때문이다. 가장 쉽사리 사라
지는 우리들과.
**한번**, 모든 것은 단 **한번** 존재할 뿐. **한번** 그리고 다시는 오지
않는다.
우리는 **한번** 존재했다는 것, 오직 **한번**
**지상에** 존재했다는 사실은 되물릴 수 없으리라.


하여 자신을 재촉하며 우리 삶을 누리려 한다.
우리의 보잘것없는 손바닥에, 들끓는
응시에, 말없는 가슴 속에 삶을 지니려 한다.
그렇게 되려고 애쓰며, ― 누구에게 그걸 주려는가. 가장 사
랑하는 이에게서

우리 모든 것 영구히 지녀보려고……하나 그 상대편의 관계 속에
아아 무얼 가져간다는 걸까. 이곳에서 서서히 익혀온
응시도, 삶의 어느 사건도 아니다. 아무것도 없다.
그런 다음 고통들이 있지. 무엇보다도 고달픈 삶,
사랑의 오랜 경험 — 그리고
형언키 어려운 순수한 것들. 하나 그후
별들 아래서라면 무슨 소용이랴. **갈수록 형언키 어려운 별들**이니
방랑자라도 산꼭대기에서 골짜기로 내려올 때 한줌의 흙,
그 형언키 어려운 삼라만상 대신에 다만
하나의 순수한 낱말을, 황녹색 용담꽃을
얻어올 뿐이다. 아마도 우리 **이 삶의 터전에서**, 집을,
다리를, 샘을, 문짝을, 항아리를, 과일 나무를, 창문을 —
또 기껏해야 기둥이니 탑 따위를 말하지 않으랴……하나 **말하려면 기억하라.**

오오 **그렇게** 말함은 사물들 자신도 진정 그러리라고는 한번도

여겨본 일 없는 것을 말하는 것임을. 이 은폐된 대지의

은밀한 의도란, 대지가 연인들을 재촉하여

그들의 정감에서 하나하나의 사물이 황홀케 하려함이 아니랴.

문턱, 그것은 한쌍의 연인에게는 이런 뜻이 있노니,

그들 역시 걸핏하면…… 수없이 과거를 넘거나

미래에 앞서, 저희들이 낡은 문턱

조금씩 닳게 한다는 것.


삶은 형언할 수 있는 시간, **삶**이 시간의 고향인 것.

말하고 고백하라. 어느 대보다도 더

우리가 누리는 사물들 사라지노니, 왜냐하면

그 사라지는 자리에 새로 바뀌어 들어앉는 것은 형체도 없는

행위이기에.

껍질에 싸인 행위란 것. 그 껍질은 그 안에서 행위가

커져 나와 새로운 경계를 갖자마자 곧 순순히 쪼개지고 마는 것.

우리의 심장은 고동 사이에

있노라. 마치 잇새에

혀가 있어 그럼에도 혀는

여전히 찬미를 계속하듯이.


천사에게 세상을 찬미하라. 형언키 어려운 세상은 말고. 그대가

찬란함을 느꼈다 하여 **천사에게** 허풍을 칠 수는 없으리. 천사

라면

더욱 민감히 느낄 삼라만상 속에서 그대 한갓 풋내기여라. 그

러니

천사에겐 보잘것없는 것을 보여줘라. 세대를 거듭하여 이룬

것을

우리의 것이기라도 하듯 손 가까이 눈길 안에 머물며 살고 있
는 것을,
**사물들을** 말해 주어라. 천사는 더욱 놀라 걸음을 멈추리라.
마치 그대가
로마의 줄 만드는 자, 나일강 유역에서 도자기 굽는 자였기라
도 하듯이.
천사에게 사물이 얼마나 행복스런 것인지,
얼마나 천진하게 우리의 것인지를 보여주라.
비탄에 잠긴 슬픔이 제 스스로 얼마나 순수히 형상을 이루려
하는지.
사물에 이바지하거나 사물 속에서 죽는지를 — 그리고
마침내 바이올린의 축복 저 너머로 도망치기 위해. — 하여
죽음에서 나온 이것들.
살아 있는 사물들을 그대가 저희들을 왜 추켜세우는지를 아
노니. 사라져 가는

그것들은 우리에게 구원을, 가장 사라지기 쉬운 것을 의탁하
노라.

우리 보이지 않는 마음속에서 그것들을 온통 바꿔 놓기를 염
원하라.

오오, 무수히 — 우리 자신으로 바꿔기를. 마침내 우리가 누
구로 되든 간에.


대지여, 그대 하려는 일은 이것이 아니랴 : **눈에 보이지 않게**
우리의 내부에서 되솟아나는 것 — 그대의 꿈이란

언젠가 보이지 않게 되는 것이 아니랴 — 대지여! 보이지 않
게!

변형이 아니라면 무엇이 그대의 절실한 위임이랴.

대지여, 사랑하는 그대여, 내 바라노라. 오오 믿어라. 이제

그대의 많은 봄 필요치 않으리, 나를 그대에게 이끌기 위해

— **하나**의 봄,

아아, 한번의 봄만으로도 내 피엔 벌써 너무 많노니,
이름도 없이 나 그대에게 가려하노라, 오래 전부터.
그대는 늘 옳았노라, 그대의 성스러운 착상은
허물없는 죽음이노니.

보라, 나 살고 있노라. 무엇으로? 어린시절도 미래도
줄어드는 것은 아니다…… 무수한 삶이
내 마음속에서 솟구쳐 오르나니.
1922.2.9.(뮈조트성)

# 시(詩)

파블로 네루다

그러니까 그 나이였어…… 시가
나를 찾아왔어. 몰라, 그게 어디서 왔는지,
모르겠어, 겨울에서인지 강에서인지.
언제 어떻게 왔는지 모르겠어,
아냐, 그건 목소리가 아니었고, 말도
아니었으며, 침묵도 아니었어,
하여간 어떤 길거리에서 나를 부르더군,
밤의 가지에서,
갑자기 다른 것들로부터,
격렬한 불 속에서 불렀어,
또는 혼자 돌아오는데,
그렇게, 얼굴 없이
그런 나를 건드리더군.

나를 뭐라고 해야 할지 몰랐어, 내 입은
이름들을 도무지

대지 못했고,
눈은 멀었어.
내 영혼 속에서 뭔가 두드렸어,
열(熱)이나 잃어버린 날개,
그리고 나 나름대로 해 보았어,
그 불을
해독하며,
나는 어렴풋한 첫 줄을 썼어
어렴풋한, 뭔지 모를, 순전한
난센스,
아무것도 모르는 어떤 사람의
순수한 지혜 ;

그리고 문득 나는 보았어
풀리고
열린
하늘을,

유성(流星)들을,
고동치는 논밭
구멍 뚫린 어둠,
화살과 불과 꽃들로
들쑤셔진 어둠,
소용돌이치는 밤, 우주를.

그리고 나, 이 미소(微小)한 존재는

그 큰 별들 총총한

허공에 취해,

나 자신이 그 심연의

일부임을 느꼈고,

별들과 더불어 굴렀으며,

내 심장은 바람에 풀렸어.

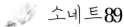

# 소네트89

세익스피어

어떤 허물 때문에 나를 버린다고 하시면
나는 그 허물을 더 과장하여 말하리라.

나를 절름발이라고 하시면
나는 곧 다리를 더 절리라.
그대의 말에 구태여 변명 아니하며……

그대의 뜻이라면
지금까지 그대와의 모든 관계를 청산하고
서로 모르는 사이처럼 보이게 하리라.

그대가 가는 곳에는 아니 가리라.
내 입에 그대의 이름을 담지 않으리라.
불경한 내가 혹시 구면이라 나는 체하며
그대의 이름에 누를 끼치지 않도록.

그리고 그대를 위해서

나는 나 자신과 대적하여 싸우리라.

나 또한 사랑할 수 없으므로.

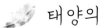 태양의

필립 라킨

매달린 사자 얼굴,
가구 없는 하늘
한가운데서 침 흘리는,
얼마나 고요히 너는 서 있는지,
그리고 얼마나 고립무원으로
단 한송이 줄기 없는 꽃을
너는 보상없이 붓는지.

눈은 본다 네가
거리에 의해 단순화,
하나의 기원이 되는 것을,
꽃잎 화염들의 네 머리
계속해서 폭발하고
열(熱)은 메아리지, 네
황금의.

거기 쓸쓸한

수평선 가운데 주조되어

너는 존재한다 터놓고.

우리의 필요가 매시간

올랐다 돌아온다 천사처럼.

한 손처럼 닫힘 없이

너는 준다 영원히

# 편도나무야,
# 나에게 신에 대해 이야기해다오

니코스 카잔차키스

나는 편도나무에게 말했노라.

"편도나무야, 나에게

신에 대해 이야기해다오."

그러자 편도나무가 꽃을 활짝 피웠다.

# 뱀을 정원으로 옮기며

메리 올리버

지하실에

내가 지금까지 본 것 중에서

제일 작은 뱀이 있었다.

뱀은 구석에서

똬리를 틀고

석탄에 박힌

두 개의 작은 별 같은

눈으로

나를 응시했고,

꼬리는

떨렸다.

내가 한 걸음

다가가자

뱀은 달아났다.

풀린 신발끈처럼,

그러나 나는

손을 뻗어
뱀을 잡았다.
뱀의 공포가
안쓰러워
나는 황급히
계단을 올라가 부엌문으로 나갔다.
따스한 풀과
햇살과
정원으로.
뱀은 내 손에서
자꾸 돌고 돌았다.
하지만 땅에 내려놓자
움직이지 않았다.

나는 뱀이
<u>스르르</u>
내 다리를 기어올라

내 주머니로 들어가려나 보다
생각했다.
나는 뱀이
얼굴을 들었을 때, 한순간,
노래를 부르려나 보다
생각했다.

그리고 뱀은 가버렸다.

# 진정한 여행

나짐 하크메트

가장 훌륭한 시는 아직 쓰이지 않았다.
가장 아름다운 노래는 아직 불려지지 않았다.
최고의 날들은 아직 살지 않은 날들
가장 넓은 바다는 아직 항해되지 않았고
가장 먼 여행은 아직 끝나지 않았다.
불멸의 춤은 아직 추어지지 않았다.
가장 빛나는 별은 아직 발견되지 않은 별
무엇을 해야 할지 더 이상 알 수 없을 때
그때 비로소 진정한 무엇인가를 할 수 있다.
어느 길로 가야 할지 더 이상 알 수 없을 때
그때가 비로소 진정한 여행의 시작이다.

# 결혼에 대하여

칼릴 지브란

그러자 알미트라는 또다시 물었다.

그러면 스승이여, 결혼이란 무엇입니까?

그는 대답해 말했다.

그대들은 함께 태어났으며, 또 영원히 함께 있으리라.

죽음의 흰 날개가 그대들의 생애를 흩어 사라지게 할 때까지

함께 있으리라.

아, 그대들은 함께 있으리라, 신의 말없는 기억 속에서까지도.

허나 그대들의 공존(共存)에는 거리를 두라, 천공(天空)의 바

람이 그대들 사이에서 춤추도록.


서로 사랑하라, 허나 사랑에 속박되지는 말라.

차라리 그대들 영혼의 기슭 사이엔 출렁이는 바다를 놓아두라.

서로의 잔을 채우되 어느 한 편의 잔만을 마시지는 말라.

서로 저희의 빵을 주되, 어느 한 편 빵만을 먹지는 말라.

함께 노래하고 춤추며 즐거워하되, 그대들 각자는 고독하게 하라,

비록 하나의 음악을 울릴지라도 외로운 기타 줄들처럼.

서로 가슴을 주라, 허나 간직하지는 말라.
오직 **삶**의 손길만이 그대들의 가슴을 간직할 수 있다.
함께 서 있으라, 허나 너무 가까이 서 있지는 말라.
사원의 기둥들도 서로 떨어져 서 있는 것을,
참나무, 사이프러스나무도 서로의 그늘 속에선 자랄 수 없다.

# 출발

막스 자콥

잘 있거라, 못과 종루의 내 비둘기들아
볼록한 흰 목에 명주 같은 깃털을
얌전히 비쳐보는 비둘기들
　　잘 있거라, 못이여

잘 있거라, 집과 그 푸른 지붕들아
숱한 벗들이 우리를 만나러,
철마다 수십 리를 걸어온 곳,
　　잘 있거라, 내 집아

잘 있거라, 종루 옆 가시울타리에 널린
옷가지들아! 오! 몇 번이나 나는 그걸 그려 보는가―
네가 제것인 양 알고 있는 내가
　　잘 있거라, 옷가지들아!

잘 있거라, 벽판(壁板)! 숱한 유리 낀 문들.
그렇듯 잘 니스 칠한 거울 같은 널마루 위의
흰 창살과 알록달록한 채색들아
　　잘 있거라, 벽판아!

잘 있거라, 과수원들 지하 광들과 화단들
못 위 우리의 돛단배들이며
흰 모자 쓴 우리의 식모여
　　잘 있거라, 과수원들아.

잘 있거라, 달걀 모양의 내 밝은 강물도,
잘 있거라, 산! 잘 있거라, 귀여운 나무들아!
나의 수도(首都)는 모조리 너희들
　　파리가 아니다.

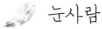 눈사람

윌리스 스티븐즈

겨울 마음씨를 갖고 있는 사람만이
눈 덮인 소나무의 서리와 가지를
바라볼 수 있겠다.

오랫동안 추위에 떨어보았어야
얼음으로 덥수룩해진 향나무와
정월 햇살의 먼 광택으로
까칠해진 전나무를 바라볼 수 있겠다.

그리고 바람소리에도
몇 안 남은 잎새의 소리에도
아무 비참도 생각지 않을 수 있겠다.

귀기울여 듣는 이에게
꼭 같은 헐벗은 장소에 부는
꼭 같은 바람으로 가득한 땅의 소리.

듣는 이는 눈 속에 귀기울이며,
그 자신 아무것도 아니며,
거기 있지 않은 '있음'과
거기 있는 '없음'를 바라보는 것이다.

시학

아치볼드 매클래시

한 편의 시는 둥그런 과일처럼
만질 수 있고 말없는 것이라야 한다.


엄지손가락에 만져지는 낡은 훈장처럼
벙어리여야 한다.


이끼가 자란 유리창 턱,
소매깃에 닳은 돌처럼 조용해야 한다.


한 편의 시는 새떼의 비상처럼
말 없어야 한다.


한 편의 시는 달이 솟듯
시간 속에 미동도 없어야 한다.

밤으로 얽힌 나무들을 달이
가지들을 차례로 풀어주듯 그렇게 떠나며,

겨울 잎새들 뒤의 달처럼,
추억 하나씩 차례로 마음을 떠난다.

한 편의 시는 달이 솟듯
시간 속에 미동도 없어야 한다.

한 편의 시는 무엇과 동등한 것.
사실에 대한 것은 아니다.

슬픔의 온갖 사실적 역사에도 불구하고
하나의 빈 문간, 하나의 단풍잎

사람의 사실 대신에
눕는 풀과 바닷물 위의 두 불빛,

한 편의 시는 무엇을 의미하지 않고
그냥 존재해야 한다.

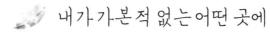 # 내가 가본 적 없는 어떤 곳에

E.E. 커밍즈

내가 가본 적 없는 어떤 곳
누구의 체험도 기꺼이 벗어난 곳에 너의 두 눈은 침묵을 지니
고 있다.
너의 가장 가냘픈 동작에도 나를 에워싸는 것들이 있다.
또는 너무 가까워서 만질 수 없는 것들이 있다.

내 자신은 손가락처럼 접을 지라도
너와 아주 적은 시선이 쉽사리 풀어 놓으리라.
마치 봄이 (솜씨 좋게 신비롭게 만져) 첫 장미를 열듯.
또는 나를 닫고 싶어 하면, 나와 내 마음은
아주 곱게 얼른 닫힌다.
마치 이 꽃의 마음이 사면에
조심스레 내리는 눈을 상상할 때처럼.

이 세상에서 볼 수 있는 그 어느 것도
너의 강렬한 가냘픔의 힘을 당할 수는 없다.
그 가냘픔의 결이 그것의 여러 나라의 빛깔로 나를 강압한다.
죽음과 영원을 숨결마다 가져오며.

나는 무엇이 열고 닫는 힘이 있는지
나는 모른다. 단지 내 마음 속 무엇이
네 눈의 목소리가 모든 장미보다 깊다는 걸 이해할 뿐
아무도, 저 내리는 비조차도, 그런 작은 손을 가졌다.

늑대들

앨런 테이트

다음 방에는 늑대들이 있어

머리를 굽혀 내밀고, 어둠 속에

허공에다 숨 몰아쉬며 기다리고 있다.

그들과 나 사이에는 복도에서 들어온 빛이

조그만 빛자락을 떨구는 하얀 문이 있다.

그 복도로는 앞문에서 층계까지

아무도 걸었던 사람이 없는 듯하다.

(그처럼 조용한 집이다.)

언제나 그래 왔다. 짐승들이 마루를 할퀸다.

나는 천사와 악마를 상념한 적은 있어도,

아무도 다음 방에 늑대가 득실거리는 곳에 앉았던 적은 없다.

사내의 명예를 위해, 나도 그런 적 없었다고 선언하는 바이다.

그래서 차가운 창가에서

저녁별을 찾아보다가

대각성(大角星)이 광채를 나눌 무렵 휘파람을 불려니까,

늑대들이 맞붙어 싸우는 소리가 들렸다.

나는 생각했다, 그래 이게 인간이구나.

그래, ― 그보다 더 좋은 결론이 어디 있을까 ―

낮은 밤을 따르려 하지 않고

인간의 심장은 조그만 존엄성을 가졌을 뿐,

그러나 늑대보다도 더 적은 인내심,

그 자신의 죽을 운명을 냄새 맡은 감각은 더 무디다.

(이와 같은 사색은 지긋지긋한 침묵이

그의 비명(碑銘)을 울부짖은 다음에야 알맞은 것)

자, 용기를 기억하라. 문으로 가라.

그것을 열고 보라.

침대 위에 사리를 틀었던가

벽가에 굽실거리는 야수가

혹시는 황금 터럭을 쓰고,

빛 밝은 마룻바닥의 수염 달린 거미 모양

눈이 쑥 들어간 꼴로,

으르렁거리나 보라 ― 인간은 결코 혼자일 수 없다.

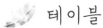 테이블

쥘르 쉬페르비엘

친한 얼굴들이
태양의 램프를 둘러싸고 반짝인다.
빛은 그 이마들에 닿고
때로는 하나에서 하나로 진동하며
이마를 바꾸어 옮아간다.

희어진 연기 속에 비현실의 폭발들
허나 귀들에는 아무런 소리도,
심혼 밑바닥에 하나의 폭음.

테이블 둘레의 몸짓들이
난바다로 나가, 중천에 솟고,
자기네 침묵들이 서로 부딪쳐
무한의 부스러기들이 거기서 떨어진다.

지구 생각은 거의 못 한다.
천의 애정의 안개를 통해 보듯.

제 성격을 밝혀 보려 애쓰는
하나의 기적 위에 괴어진
하늘의 테이블을 둘러서 앉은
남편과 아내와 아이들.
거기엔 단 하나의 문
벽이라곤 잡지 못할 하늘밖엔,
거기엔 단 하나의 창,
창틀 삼아서 하나의 추억
그러곤 밤쯤 열려진다,
가벼운 한숨을 내쉬려고.

남편이 이쪽을 바라본다. 엄청난 거리인데도,
마치 내가 자기 거울이나 되는 듯,
주름들과 답답함의 대결을 위해.
뼈들 둘레에 살, 생각 둘레에 뼈들
그리고 생각 밑창에는 탄소질의 파리 한 마리.
그는 걱정한다,
꽃병과, 물과 하늘 사이에서
하나의 요소를 찾아
뛰는 물고기처럼.

하늘은 무서우리만큼 투명하고,
시선은 하도 멀리 가 돌아올 수가 없다.
그가 난파하는 걸 보고 있어야 한다,
구조의 손을 뻗칠 수도 없이.

갑자기 태양은 길 잃은 별에 불과할 지경으로 멀어지면서
깜박거린다.

밤이다. 나는 경작된 지구 위에 다시 있다.
옥수수며 양떼며
마음에 아름다운 숲을 주는 지구 위.
밤낮으로 우리 상승의 키들을 좀먹는 지구 위에.

램프 둘레에 내 가족들의 얼굴을 나는 알아본다,
마치 하늘의 공포를
빠져 나오기라도 한 것 같은 얼굴들을,

그리고 우리 안에서 깨어 있는 산토끼가 제 집에서 즐긴다.
제 금빛 털을 냄새맡고
제 냄새의 냄새, 사양채[前胡] 냄새 나는 제 심장을 냄새 맡는다

눈

생종 페레스

그리고는 눈이 왔다, 부재(不在)의 첫 눈이, 꿈과 현실로 짠 엄청난 나비의 피륙들 위에. 온갖 고통은 다 기억 좋은 사람들에게 넘겨주고, 우리의 관자놀이에는 린넨 같은 시원함이 있었다. 그것은 아침, 새벽의 잿빛 하늘 아래, 여섯 시 조금 전, 잠시 머무는 항구에서처럼, 침묵의 거창한 노래들의 벌떼를 풀어놓을 은총과 은혜의 터전이었다.

그리고 밤새도록 우리도 모르게, 깃털의 이 눈부신 활동 아래서, 넋의 폐허와 짐을 아주 높이 받쳐 들고, 빛나는 곤충들로 구멍난 높다란 속돌의 도시들은, 제 무게도 잊은 채 자라나고 뛰어나기를 그치지 않았던 것이다. 그래서 기억도 확실치 않고 이야기도 엉뚱한 곤충들만이 이 일의 뭔가를 알았다. 이 어마어마한 일들에 정신이 끼어든 몫을 우리는 알지 못한다.

아무도 알아보지 못했다, 돌 박공 꼭대기에 이 명주 같은 시
간의 첫 나타남을, 속눈썹의 스침 같은 이 연약하고 하찮은
것의 첫 와 닿음을. 청동 지붕 위에서도 크롬강철 뾰족탑 위
에서도, 흐린 사기 담벽 위에서도, 두꺼운 유리 기왓장들 위
에서도, 검은 대리석 굴대 위에서도 화이트메탈의 박차 위에
서도, 아무도 알아보지 못했다, 아무도 흐려놓지 않았다.

뽑은 칼날의 첫 흥분 같은 이 갓 난 숨결의 구름떼를…… 눈
이 오고 있었다, 그래서 우리는 이제 그 놀라움을 말하겠다.
신령의 숨결에 사로잡힌 전설의 큰 올빼미처럼 제 깃털에 싸
인 벙어리 새벽이 그 하얀 다알리아 같은 몸뚱이를 부풀리고
있었다. 그리고 사방에서 낭비와 잔치가 우리에게 오고 있었
다. 그래서 건축가가 지난 여름 쏙독새 알을 우리에게 보여준
그 테라스를 향해 인사하기를!

#  자유

폴 엘뤼아르

내 학생 때 공책 위에
내 책상이며 나무들 위에
모래 위에도 눈 위에도
나는 네 이름을 쓴다

읽은 모든 책장 위에
공백인 모든 책장 위에
돌, 피, 종이나 재 위에도
나는 네 이름을 쓴다

검어진 조상(彫像)들 위에
전사들의 무기들 위에
왕들의 왕관 위에도
나는 네 이름을 쓴다

밀림에도 사막에도
새 둥지에도 금송화에도
내 어린 날의 메아리에도
나는 네 이름을 쓴다

밤과 밤의 기적 위에
날마다의 흰 빵 위에
약혼의 계절들 위에
나는 네 이름을 쓴다

내 하늘색 누더기마다에
곰팡이 난 해가 비친 못 위에
달빛 생생한 호수 위에
나는 네 이름을 쓴다

돌 위에 지평선 위에
새들의 날개 위에
그림자들의 방앗간 위에
나는 네 이름을 쓴다

새벽이 내뿜는 입김 위에
바다 위에 또 배들 위에
넋을 잃은 멧부리 위에
나는 네 이름을 쓴다

구름들의 뭉게거품 위에
소낙비의 땀방울들 위에
굵은 또 김빠진 빗방울에도
나는 네 이름을 쓴다

반짝이는 형상들 위에
온갖 빛깔의 종들 위에
물리적인 진리 위에
나는 네 이름을 쓴다

잠 깬 오솔길들 위에
뻗어나가는 길들 위에
사람 북적이는 광장들 위에
나는 네 이름을 쓴다

커지는 램프 불 위에
꺼지는 램프 불 위에
모여 앉은 내 집들 위에
나는 네 이름을 쓴다

거울의 또 내 방의
둘로 쪼개진 과실 위에
속 빈 조가비인 내 침대 위에
네 이름을 쓴다

아양을 부리지만 귀여운 내 개 위에
그 쫑긋 세운 양쪽 귀 위에
그 서툰 다리 위에
나는 네 이름을 쓴다

내 문턱의 발판 위에
정든 가구들 위에
축복받은 넘실대는 불길 위에
나는 네 이름을 쓴다

사이좋은 모든 육체 위에
내 친구들의 이마 위에
내미는 손과 손마디에
나는 네 이름을 쓴다

놀란 얼굴들의 유리창 위에
침묵보다 훨씬 더
조심하는 입술들 위에
나는 네 이름을 쓴다

깨어진 내 은신처들 위에
허물어진 내 등대들 위에
내 권태의 벽들 위에
나는 네 이름을 쓴다

욕망도 없는 부재(不在) 위에
벌거숭인 고독 위에
죽음의 걸음과 걸음 위에
나는 네 이름을 쓴다

다시 돌아온 건강 위에
사라져 간 위험 위에
회상도 없는 희망 위에
나는 네 이름을 쓴다

그리고 한 마디 말에 힘을 얻어
나는 내 삶을 다시 시작하니
너를 알기 위해 나는 태어났다
네 이름을 지어 부르기 위해
자유여.

자유결합

앙드레 브르통


불붙은 나뭇개비 같은 머리의 내 아내

여름의 소리 없는 번개의 번쩍임 같은 생각들을 지닌

모래시계의 동체(胴體)를 지닌

호랑이 이빨에 물린 수달의 동체를 지닌 내 아내

리본의 꽃매듭 같은 별들의 마지막 꽃불 같은 입을 가진 내 아내

눈 위의 생쥐 발자국 같은 이빨을 가진 내 아내

호박(琥珀) 같은 닦은 유리 같은 혀

칼로 벤 성체(聖體) 빵 같은 혀를 가진 내 아내

눈을 떴다 감았다 하는 인형 같은 혀

믿어지지 않는 보석 같은 혀

아이의 막대기 글씨 같은 속눈썹의 내 아내

제비 둥지의 언저리 같은 눈썹

온실 지붕의 슬레이트 같은 유리창에 서린 김 같은

관자놀이의 내 아내

얼음장 같은 돌고래의 머리 있는 샘 같은

샴페인 아래 어깨를 지닌 내 아내

성냥개비처럼 가느다란 손목의 내 아내

마음의 우연과 주사위의 그 손가락

베어진 건초 같은 손가락을 지닌 내 아내

담비 같고 — 세례 요한 축일(祝日) 잠의

너도밤나무 열매 같은 겨드랑이

쥐똥나무 같고 조개집 같은 겨드랑이의 내 아내

바다와 수문의 물거품 같은

밀과 방앗간의 범벅 같은 두 팔

물레 가락 같은 다리를 가진 내 아내

시계점포와 절망의 움직임을 가진

말오줌나무의 속살 같은 종아리의 내 아내

열쇠 꾸러미 같은 발, 술 마시는 배의 틈막이 직공들의 발을 가진

찧지 않은 보리 같은 목을 가진 내 아내

바로 여울 바닥에서 랑데부하는

황금 계곡 같은 목구멍을 가진 내 아내

밤 같은 젖가슴을 가진

바다의 두더지 집 같은 젖가슴의 내 아내

루비 도가니 같은 젖가슴의 내 아내

이슬 맞은 장미꽃의 스펙트럼 같은 젖가슴의 내 아내

펼친 부채 같은 배 가진

거인의 발톱 같은 배 가진 내 아내

수은 같은 등

빛과 같은 등

굴러 떨어지는 돌 같고 젖은 백묵 같고

금방 마신 유리컵이 떨어지는 것 같은 목덜미를 가진

곤돌라 같은 허리를 가진 내 아내

샹들리에 같고 화살의 깃털 같고

흰 공작의 날갯죽지 같은

움직이지 않는 천칭 같은 그 허리

사암(砂岩)과 석면의 엉덩이를 가진 내 아내

백조의 등 같은 엉덩이의 내 아내

글라디올러스의 음부(陰部)를 가진

금광상(金鑛床)과 오리너구리 같은 음부를 가진 내 아내

해초와 옛날 봉봉과자 같은 음부를 가진 내 아내

거울 같은 음부를 가진 내 아내

보랏빛 갑주(甲冑) 같은 자침(磁針) 같은 그 눈

사바나 같은 눈을 가진 내 아내

감옥에서 마실 물 같은 눈을 가진 내 아내

노상 도끼 아래 있는 나무 같은 눈을 가진 내 아내

물 공기 땅 불과 같은 높이의 눈을 가진

# 밤

앙리 미쇼

저 밤에
저 밤에 나는 밤과 한 몸이 되었네
무한한 저 밤과
저 밤과.
나의 밤, 아름다운 나의 밤.

밤
잉태의 밤은
나의 외침과
나의 이삭으로 나를 가득 채우고
내 몸을 침범해 들어오는 너는
넘실거리는 파도를 일으키고
온 사방에 파도를 일으키고
연기를 뿜고 강인한 몸으로 춤을 추고
울부짖으며

그대는 밤이어라.

누워 있는 밤, 단단한 밤.
그리고 저 밤의 화려한 음악과 밤의 해변가.
높은 곳에 밤의 해변, 곳곳마다 밤의 해변,
밤의 해변은 물을 빨아들이고, 밤은 제왕의 권위,
모든 것은 그 아래 엎드린다.
그 아래, 실보다 더 가냘픈 그 몸 아래
저 밤 아래
저 밤.

# 난 그게 그리 무섭지 않아

레이몽 끄노

난 그게 그리 무섭지 않아, 나의 오장육부가 죽은 것이
나의 코가 나의 뼈들이 죽는 것이
난 그게 그리 무섭지 않아, '크노'라는 아버지 아래
'레이몽'이란 이름을 가진 이 멍청이 총잡이의 죽음이
난 그게 그리 무섭지 않아, 헌책 장사가 어찌 되든
강변과 책장들과 먼지와 권태가 어찌 되든
난 그게 그리 무섭지 않아, 마구 써내고 죽음을 증류시켜 시
몇 편 남긴 내가 어찌 되든
난 그게 그리 무섭지 않아, 죽은 자들의 좀먹은 눈꺼풀 가장
자리 사이로
밤이 살며시 흘러드는 것이
밤은 부드러운 것 붉은 머리 여인의 애무처럼
남북극 자오선의 꿀과 같이

230

나는 이 밤이 무섭지 않아, 나는 절대적인 잠이 무섭지 않아.

그것은 납덩이같이 무거우리

용암(熔岩)같이 메마르고 하늘같이 검으리

다리 근처에서 울먹이는 거지같이 귀가 먹었으리


내가 무서운 건 불행과 초상(初喪)과 고통, 불안과 불운 그리

고 너무 긴 부재이다.

내가 무서운 것 병이 누워 있는 뚱뚱한 심연이다.

그리고 시간과 공간, 정신의 잘못들이다.

그러나 난 그게 그리 무섭지 않아, 아 황천(黃泉)의 사자가

이 바보는 내가 항복하자 몽롱하나 침착한 눈으로

내 온몸의 용기를 현재의 잠식자(蠶食者)들에게 건넬 때

그의 이쑤시개 끝으로 나를 집으러 오겠지

언젠가 나는 노래 부르리, 율리시즈나 아킬레스를.

아에네아스나 디동키호테나 판사를
언젠가 나는 노래를 부르리, 온화한 사람들의 행복을
낚시의 즐거움을, 또는 별장의 평화를

오늘은 시간이 마치 늙은 말처럼 시계판 위를 돌면서 휘말리
는데 지쳐
이 머리통이 — 하나의 공 같은 — 허무의 노래를
푸념 비슷한 중얼거림을 만만 용서하소서.

# 옛 날의 겨울

살바토레 콰시모도

희미한 불꽃 속에서
그대의 깨끗한 손들의 열망.
밤나무 숲과 장미들
그리고 죽음을
알고 있던 그 손들.
옛날의 겨울.

먹이를 찾던 새들이
금방 눈으로 변했다.
말[言語]들도 그렇고,
조금의 햇빛, 천사의 영광,
그리고 안개, 나무들,
아침결의 공기로 만들어진 우리들도.

# 행복

보리스 파스테르나크

저녁의 소나기는 씌어졌다,
정원에 의하여. 결론은 이렇다─
행복은 우리들을 만나게 할 것이다.
구름떼 같은 그런 괴로움에.

틀림없이 폭풍 같은 행복은
악천후를 씻어버린 여기저기 한길의
얼굴을 맞대고 있는
양지꽃의 환희 같은 그런 것이다.

거기서는 세계가 갇혀 있다, 카인처럼.
거기서는 변경(邊境)의 따스함에 의하여
스탬프가 찍히고 잊히고 헐뜯기고 있다.
그리고 나뭇잎에 의하여 천둥은 비웃음을 사고 있다.

그리고 하늘의 높이에 의하여. 물방울은 딸꾹질에 의하여.
또 명료함에 의하여, 하물며
조그만 숲이 무수함에 있어서랴—
여러 개의 체가 전면적인 하나의 체로 합류된 것이다.

일단의 잎 위.
용해된 꽃봉오리의 대양.
상공에 기도를 하는 사람들의
휘몰아치는 숭배의 밑바닥.

덤불의 응괴(凝塊)는 짜내어지지 않고 있다.
호색적인 솔잣새도 새장에 온통
인동덩굴이 별을 흩뿌리듯
그처럼 열정적으로 모이를 튀기지는 않는다.

자작나무

S. 예세닌

내 창문 밑의
하얀 자작나무
마치 은이 덮이듯
눈으로 덮여 있다.

부풋한 어린 가지 위에는
눈의 가장자리 꾸밈
꽃이삭이 피었구나
흰 술처럼.

자작나무는 서 있다,
조는 고요함 속에,
금빛의 불꽃 속에서
눈이 반짝이고 있다.

노을은 게으르게
둘레를 돌아다니면서
새로운 은을
어린 나뭇가지에 뿌렸다.

염소

움베르또 사바

어느 염소 한 마리와 말했다.
풀밭에 홀로 묶여 있었다.
풀로 배를 채운 채, 빗물에
젖어 있었다. 그리고 음매—.

그의 한결같은 울음은 나의 고통과
형제간이었다. 난 대꾸했다.
처음엔 눈짓으로. 영원한 고통이었기에,
그의 목소리는 마냥 변함없었다.
고적한 한 마리 염소 안에서
울리는 슬픈 소리를 듣고 있었다.

고달픈 인간의 모습을 한 염소에게서

다른 모든 악이,

다른 모든 삶이,

발악하는 소리가 들려왔다.

오수(午睡)

에우제니오 몬탈레

뜨겁게 달아오른 정원의 담벼락에 바싹 대고
파리한 얼굴로 오수에 빠진다.
가시덤불 사이로 검정새들이 똑똑 쪼는 소리
그리고 뱀들이 스치는 소리를 듣는다.

갈라진 땅의 틈새로, 혹은 풀잎 위로
나지막한 흙더미 위로
쉴 새 없이 무너지다 엇갈리는
빨간 개미들의 행렬을 본다.

벌거벗은 꼭대기에 매미들이
찢어질듯 우는 동안
하느적이는 나뭇잎 사이사이로
바다 물결이 멀리서 헐떡이고 있다.

눈부신 햇살 속에 방황하는
우리의 삶과 괴로움이여,
그대는 꼭대기에 병조각들이 박힌
담장을 따라가는 것과 어찌 그리도 똑같은가,
서럽고, 놀란 마음으로 느껴 본다.

# 서정시

요제프 브로드스키

2년 뒤
아카시아는 시들어 있겠지.
주가는 떨어지고
세금은 올라 있겠지.
2년 뒤
방사능은 더 늘어 있을 거야.
2년 뒤
2년 뒤

2년 뒤
양복은 누더기가 되고
진실은 가루가 되며,
유행은 바뀌어 있겠지.
2년 뒤
아이들은 애 늙은이가 되어 있을 거야.

새들은 어디서
마지막 눈을 감을까

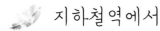 지하철 역에서

에즈라 파운드

군중 속에 이 얼굴들의 홀연한 나타남,
비 젖은 검은 가지에 꽃 이파리들.

# 눈 오는 저녁 숲가에서

로버트 프로스트

이 숲이 누구네 것인지 알 듯도 하다.
하지만 그의 집은 읍내에 있지.
내가 여기 멈추어 서서
자기 숲에 눈 가득 내리는 걸 바라보고 있는 줄은 모르리.

내가 탄 작은 말은
숲과 얼어붙은 호수 사이
근처에 농가도 없는 곳에
일 년 중 가장 캄캄한 저녁에
이렇게 멈추어 선 것을 이상하다 하겠지.

뭔가 잘못된 게 아닌가 해서
말은 제 방울을 한 번 울린다.
들리는 소리라곤 쉽게 부는 바람과
깃털처럼 부드러운 눈송이 스치는 소리.

숲은 아름답고 어둡고 그윽하지만,
나는 지킬 약속이 있다.
잠들기 전에 가야 할 먼 길이 있다.
잠들기 전에 가야 할 먼 길이 있다.

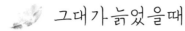# 그대가 늙었을 때

윌리엄 버틀러 예이츠

그대 늙어 백발이 성성하고 잠이 가득해,
난롯가에서 꾸벅 졸거든, 이 책을 꺼내 들고
천천히 읽으시기를, 그리고 한때 그대의 눈이 품었던
부드러운 눈빛과 그 깊은 그늘을 꿈꾸시기를

얼마나 많은 이들이 그대의 발랄하며 우아한 순간들을 사랑
했으며
거짓된 혹은 진실된 애정으로 그대의 아름다움을 사랑했는지,
그러나 어떤 남자가 그대 속의 방황하는 영혼을 사랑했고
그대의 변화하는 얼굴에 깃든 슬픔을 사랑했으니

그리고 타오르는 장작더미 옆에서 몸을 구부려

약간 슬프게, 중얼거리시기를, 사랑이 어떻게 도망갔는지

그리고 높은 산에 올라가 이러저리 거닐며

그의 얼굴을 별무리 속에 감추리라.

# 인생 찬가

헨리 워즈워스 롱펠로

내게 말하지 말라, 구슬픈 가락으로,
인생은 한낱 텅 빈 꿈이라고!
잠든 영혼은 죽은 셈이고,
사물은 겉보기와는 다른 것.

인생은 현실이며, 인생은 엄숙한 것!
무덤이 인생의 목표는 아니다.
너는 흙이니 흙으로 돌아간다는 말은
영혼을 두고 한 말이 아니다.

즐김도 슬픔도
우리 운명 지어진 목표나 길이 아니다.
행동하라, 내일이
오늘보다 더 나은 우리를 발견하도록.

예술은 길고, 시간은 화살 같다.
우리의 심장이 튼튼하고 용감하긴 하나,
언제나 천으로 감싼 북처럼 무덤으로의
장례 행진곡을 울리고 있다.

세계의 드넓은 전장(戰場)에서,
인생의 야영장에서,
말 못하는, 쫓기는 가축이 되지 말라.
투쟁에서 영웅이 되라!

'미래'는 믿지 말라, 아무리 달콤하다 할지라도!
죽은 '과거'로 하여금 죽은 자를 묻게 하라.
행동하라, −행동하라, 살아있는 '현재'에서!
마음속엔 용기, 머리 위엔 하느님!

위대한 사람들의 생애는 모두 우리게 기억하게 한다.

우리가 인생을 숭고하게 만들 수 있음을,

그리고 떠나면서 우리 뒤에

시간의 모래밭에 발자취를 남길 수 있음을.


발자취 —어쩌면 인생의 엄숙한 바다 위로

항해하는 다른 사람이,

쓸쓸한 난파당한 형제가

보고서, 다시금 용기를 얻게 만들 발자취.


자, 그러니 일어나 일하자.

어떤 운명도 감수할 마음을 갖고,

언제나 성취하며, 언제나 추구하며,

일하는 것과 기다리는 법을 배우자.

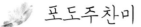# 포도주찬미

샤를 보들레르

어느 날 저녁, 포도주의 혼이 술병 속에서 노래하기를
"인간아, 오 박복한 인간아, 그대 향하여
유리 감옥 주홍빛 밀랍에 갇힌 내가
소리 높이 불러 주마, 빛과 우애가 가득한 노래 한 곡을.

나는 아노라, 저 활활 타는 언덕 위에
많은 고통과 땀과 쨍쨍한 햇빛이 있어
내 생명이 빚어지고 내 영혼이 주어졌음을
나 절대 배은망덕하지 않으리, 해를 끼치지도 않으리.

노동에 지친 어느 남정네 목구멍으로
떨어져 내릴 때면 한없는 기쁨 느낀다네.
그의 더운 가슴은 다정한 무덤
내 살던 썰렁한 지하실보다 훨씬 좋아라.

그대 듣는가, 일요일마다 울려대는 후렴들
팔딱이는 내 가슴속 소곤대는 희망을?
식탁에 팔꿈치 괴고 소매 걷어붙이고
그대 나를 찬양하리라, 그리고 만족하리라.

기뻐하는 그대 아내의 눈에 환히 불을 밝혀주리.
그대 아들에겐 힘과 혈색을 주고
그 가냘픈 인생의 선수에게
투사의 근육을 튼튼히 해줄 기름이 되리.

그대 몸속에 떨어져 신묘한 식물성 양식이 되고
영원한 파종자 신이 뿌린 소중한 씨앗이 되리.
하여 우리 사랑에서 시가 태어나
신을 향해 귀한 꽃 한 송이처럼 활짝 피어나리."

(『악의 꽃』 일부)

# 거상(巨像)

저는 결코 당신을 온전히 짜맞추진 못할 거예요,
조각조각 잇고 아교로 붙이고 올바로 이어 맞추어.
노새 울음, 돼지가 꿀꿀거리는 소리, 음탕한 닭 울음소리가
당신의 커다란 입술에서 새어나와요.
그건 헛간 앞뜰보다도 더 시끄럽답니다.

아마 당신은 스스로를 신탁이나
죽은 사람들, 아니면 이런 저런 신들의 대변자로 생각하겠지요.
삼십 년 동안이나 저는 당신의 목구멍에서
진흙 찌끼를 긁어내리려고 애썼답니다.
그런데도 전 조금도 더 현명해지질 못했어요.

아교 냄비와 소독액이 담긴 양동이를 들고 작은 사닥다리를
기어올라
저는 잡초만 무성한 당신의 너른 이마를 슬퍼하면서

개미처럼 기어다녀요,

거대한 두개골 판을 수선하고

민둥민둥한 흰 고분(古墳)같은 당신 눈을 청소하려고.


오레스테스 이야기에 나오는 푸른 하늘이

우리 머리 위에 아치 모양을 이루어요. 오 아버지, 혼자만으로도

당신은 로마의 대광장처럼 힘차고 역사적이에요.

전 까만 삼나무 언덕 위에서 도시락을 폅니다.

홈이 패인 당신의 뼈와 아칸더스 잎 모양의 머리칼은


옛날처럼 어수선하게 지평선까지 널려 있어요.

그처럼 황폐하게 되려면

벼락 한 번만으론 부족할 거예요.

밤마다 전 바람을 피해

양의 뿔 모양을 한 당신의 왼쪽 귀 속에 쭈그리고 앉아

붉은 별들과 자줏빛 별들을 헤아린답니다.

태양은 기둥같은 당신 혀 밑에서 떠올라와요.

제 시간은 그림자와 결혼했어요.

이제 전 더 이상 선착장의 얼빠진 돌에

배의 용골(龍骨)이 긁히는 소리엔 귀기울이지 않아요.

# 새

프랑시스 퐁쥬


가는 화살 또는 짧고 굵은 투창,

지붕 모서리를 에둘러가는 대신,

우리는 하늘의 쥐, 고깃덩이 번개, 수뢰,

깃털로 된 배, 식물의 이

때로 높은 가지 위에 자리 잡고,

나는 그곳을 엿본다, 어리석고, 불평처럼 찌부러져서……

# 일곱 번째 사람

아틸라 요제프

이 세상에 나오면
일곱 번 다시 태어나세요 —
불난 집에서 한 번,
눈보라 치는 빙원에서 한 번,
광란의 정신병원에서 한 번,
바람이 몰아치는 밀밭에서 한 번,
종이 울리는 수도원에서 한 번,
비명을 지르는 돼지들 가운데서 한 번,
여섯 아이가 울지만 충분하지 않아요 —
당신 자신이 일곱 번째여야 해요!

생존을 위한 싸움을 할 때
당신의 적이 일곱 사람을 보게 하세요 —
일요일에 일하지 않는 사람,
월요일에 일을 시작하는 사람,

보수 없이 가르치는 사람,

물에 빠져 수영을 배우는 사람,

숲을 이룰 씨앗이 되는 사람,

야생의 선조들이 보호해주는 사람,

하지만 이들의 비결 전부로도 충분하지 않아요 —
당신 자신은 일곱 번째여야 해요!

당신의 여자를 찾고자 하면

남자 일곱을 그녀에게 보내세요 —

말보다 가슴을 주는 남자,

자신을 돌볼 줄 아는 남자,

꿈꾸는 사람을 자처하는 남자,

그녀의 스커트로 그녀를 느낄 수 있는 남자,

호크와 단추를 아는 남자,

단호히 행동하는 남자,

그들이 파리처럼 그녀를 맴돌게 하세요 —
당신 자신은 일곱 번째여야 해요

할 수만 있다면 시인이 되세요
하지만 시인 안에는 일곱 사람이 있어야 해요 —
대리석 마을을 짓는 사람,
꿈을 꾸도록 태어난 사람,
하늘의 지도를 그리고 하늘을 아는 사람,
언어의 부름을 받는 사람,
자신의 영혼을 책임지는 사람,
쥐의 간을 해부하는 사람 —
둘은 담대하고 넷은 슬기로우니
당신 자신이 일곱 번째여야 해요

이 모든 것이 그대로 이루어지면

당신은 일곱 사람으로 묻히리니 ―

젖가슴에 기대어 젖을 물린 사람,

젊은 여자의 단단한 가슴을 쥐고 있는 사람,

빈 접시들을 내던지는 사람,

가난한 사람들이 이기도록 도와주는 사람,

몸이 부서지도록 일하는 사람,

밤새도록 달을 바라보는 사람, 그러면

세상이 당신의 비석이 될 거예요 ―

당신 자신이 일곱 번째라면.

# 기러기

메리 올리버

착해지지 않아도 돼.

무릎으로 기어다니지 않아도 돼.

사막 건너 백 마일, 후회 따윈 없어.

몸속에 사는 부드러운 동물,

사랑하는 것을 그냥 사랑하게 내버려두면 돼.

절망을 말해보렴, 너의. 그럼 나의 절망을 말할테니.

그러면 세계는 굴러가는 거야.

그러면 태양과 비의 맑은 자갈들은

풍경을 가로질러 움직이는 거야.

대초원들과 깊은 숲들,

산들과 강들 너머까지.

그러면 기러기들, 맑고 푸른 공기 드높이,

다시 집으로 날아가는 거야.

네가 누구든, 얼마나 외롭든,
너는 상상하는 대로 세계를 볼 수 있어.
기러기들, 너를 소리쳐 부르잖아, 꽥꽥거리며 달뜬 목소리로 ─
네가 있어야 할 곳은 이 세상 모든 것들
그 한가운데라고.

유희는 끝났다

잉게보르크 바하만

사랑하는 오빠, 언제 우리는 뗏목을 하나 엮어
하늘을 타고 내려올까요?
사랑하는 오빠, 곧 짐은 너무 무거워져
우리는 침몰하게 될 거예요.

사랑하는 오빠, 우리 종이 위에다
수많은 나라와 철로를 그려 보아요.
조심하세요, 여기 이 검은 선들 앞에서
오빠가 연필심을 타고 날아가지 않게요.

사랑하는 오빠, 그럼 나는 말뚝에
묶인 채 소리를 지르겠어요.
헌데 오빠는 어느 새 말을 타고 죽음의 계곡에서 빠져나와 달
리는군요.
이제 우리는 둘이 함께 도망치는 거예요.

집시의 여숙(旅宿)에서 황야의 천막에서, 잠들지 말고 깨어 있
어요.
우리의 머리칼에서 모래가 흘러내리네요.
오빠의 나이, 나의 나이, 세계의 나이는
세월로 헤아려보는 게 아니지요.

교활한 가마귀, 끈끈한 거미의 손,
또 덤불 속에 묻힌 깃털한테 속지 말아요.
슐라라펜란트에서 먹고 마시지도 말아요.
그곳 냄비랑 항아리들에선 가상의 거품이 일거든요.

홍옥요정이 다니던 황금다리에선
그 말을 아는 자만이 승리했었지요.
그런데, 그 말은 지난 번 정원에 내린
눈[雪]과 함께 녹아버렸답니다.

하고 많은 돌들 때문에 우리의 발에 상처가 났군요.
한쪽 발이 나았어요. 우리 이 발로 도약하도록 해요.
어린이왕이, 자신의 왕국으로 들어가는 열쇠를 입에 물고,
우리를 마중 나올 때까지, 그리고 이런 노래를 부르도록 해요 ―

지금은 대추야자의 씨앗이 움트는 아름다운 계절!
추락하는 모든 이에게 날개가 달렸네요.
가난한 이의 수의에 장식단을 박는 것은 붉은 골무,
당신의 심랑엽이 나의 봉인 위에 떨어지네요.

이제 자러 가야겠어요. 사랑하는 이여, 유희는 끝났답니다.
발꿈치로 살금살금 걸어서. 흰빛 속옷자락이 바람에 부풉니다.
아버지와 어머니는 말씀하셔요. 우리가 숨결을 나눌 때면,
집안에서 유령이 나온다구요.

참나무

알프레드 테니슨

젊거나 늙거나
저기 저 참나무같이
네 삶을 살아라.
봄에는 싱싱한
황금빛으로 빛나며
여름에는 무성하고
그리고, 그리고 나서
가을이 오면 다시
더욱 더 맑은
황금빛이 되고
마침내 잎사귀
모두 떨어지면
보라, 줄기와 가지로
나목 되어 선
저 발가벗은 힘을.

# 고요한 생활

알렉산더 포프

소는 젖을 주고, 밭은 빵을 주며
양은 옷을 마련해준다.
그 나무들은 여름이면 그늘을 드리워주고
겨울이면 땔감이 된다.

축복받은 사람이다. 아무 신경 쓰지 않고
시간도 날짜도 해도 고요히 흘러가서
몸은 건강하고 마음은 평안하여
낮에는 별일 없다.

밤에는 깊은 잠에 학문과 휴식이 있고
즐거운 오락도 있으며
잡념 없이 전적으로 즐기는 일이란
고요히 묵상하는 것

이렇게 살련다. 남몰래 이름도 없이
탄식하는 일 없이 죽고 싶어라.
이 세상을 소문없이 떠나, 잠든 곳을
알리는 묘비도 없이.

노파에 대한 이야기

타데우슈 루제비치

나는 늙은 여자들을 사랑한다
못생긴 여자들을
심술궂은 여자들을

늙은 여자들은
지구상의 소금이다

늙은 여자들은
훈장의
사랑의
신앙의
이면을 알고 있다

늙은 여자들이 왔다가 간다
인간의 피로 더럽혀진 손으로

독재자들이
못된 짓을 저지르는 동안에
늙은 여자들은
아침이면 일어나서
고기와
빵과
과일을 판다
청소를 하고
요리를 한다
무슨 일이 나건
쳐다보고만 있다

늙은 여자들은
죽지도 않는다

햄릿은
그물 속에서 미쳐 날뛰고
파우스트는
파괴적이고
가소로운 역할을 하고
라스꼴리꼬프는
손도끼로 친다
그러나 늙은 여자들은
파괴될 수 없는 존재다
늙은 여자들은
태연히 웃고 있다

신은 죽는다

그러나

늙은 여자들은

날마다 어김없이 일어나서

새벽에

빵과 포도주와

고기를 판다

문명은 소멸한다

그러나 늙은 여자들은

아침에 일어나서

창문을 열고 쓰레기를 치운다

인간은 죽는다

그러나 늙은 여자들은

시체들을 씻고

죽은 자를 묻는다
무덤 위에는
풀이 나고 꽃도 핀다

나는
늙은 여자들을 사랑한다
못생긴 여자들을
심술궂은 여자들을

늙은 여자들은
영생을 믿는다
늙은 여자들은
지상의 소금이다
늙은 여자들은
나무의 껍질이고

또한 짐승들의 주둥들은 눈빛이다

늙은 여자들의 아들들이
아메리카를 발견하고
그리스의 전장 테르 모필렌에서
전사하고
십자가에서 죽고
우주를 정복한다

늙은 여자들은
아침에 도시로 가서
우유와
빵과
고기를 팔고
수프를 끓이고

창문을 연다

바보들은
늙은 여자들을 비웃는다
못생긴 여자들이라고
심술궂은 여자들이라고
그들은 아름다운 여자들이다
착한 여자들이다
늙은 여자들은
계란이다
비밀 없는 비밀이고
굴러다니는 구슬이다.

늙은 여자들은
성스런 고양이의 미라다.

늙은 여자들은
작고 메말라
쭈글쭈글한 과일이거나
살찐 타원형의 부처들이다

늙은 여자들이 죽으면
눈에서 흘러내리는 눈물이
입에서 소녀의 미소와
하나가 된다

# 나무 밑의 식사

카를 크롤로브

얼룩진 그림자 아래 앉아,
우유처럼 미지근한 공기가 불어온다.
요술처럼 원이 그려지고
더위는 물러갔다.

뱀처럼 쉭쉭 소리내는 낮에
부딪쳐 깜짝 놀라 튀는 돌.
강렬한 녹색을 불붙듯 내뿜는 풀밭,
벗은 다리 위에 엉겅퀴와 가시.

타오르는 카밀레꽃 사이로
맨발로 우리는 선회하며
라벤더와 제비꽃의
서늘한 그늘로 피했다.

풍뎅이 날개 속에 고요가 윙윙 소리내고.
검은 단풍나무로 울타리 쳐진 고요.
풀먼지에 아픈 눈은
강렬한 햇빛 속에 떨린다.

그리고 우리는 빵과 치즈를 자른다.
흰 포도주가 턱밑으로 흐른다.
우리는 용해된 자두술을
살 속 깊이 알게 된다.

바구니 위로 손들이 오가고
단단한 입은 만족되었다.
나른한 팔다리는
흔들리는 나뭇잎 속을 흘러간다.

# 성 냥

프랑시스 퐁쥬

불은 성냥에게 육체를 만들어준다.
몸짓과, 흥분과, 짧은 역사를
가진 살아 있는 육체.

성냥에서 발산된 가스는 불꽃으로 타고,
날개와 옷, 육체까지도 주었다 :
움직이는 형태,
감동적인 형태.

그것은 빨리 일어났다.

단지 그 머리만이 단단한 실체와의 접촉으로 불붙을 수 있고,

— 그리고 그때 출발 신호 총소리 같은 소리가 난다.

그러나 일단 붙으면

불꽃은

— 직선으로 재빨리, 그리고 경주용 배처럼 돛을 숙이며 —

　　작은 나무 조각 위를 달린다.

# 태양의 도시에서 온편지

베이다오

## 생명

태양도 떠오른다

## 사랑

평안, 기러기들이 날아간다
황폐한 처녀지
늙은 나무들이 우르르 쓰러진다
공중에 짜고 떫은 비가 날린다

## 자유

나부낀다 갈기갈기 찢겨진 종이조각이.

**아이**

 온 바다를 담은 그림이
한 마리 종이학으로 접혔다

**아가씨**

떨리는 무지개가
나는 새들의 꽃깃털을 모은다

**청춘**

붉은 물결이
고독한 노에 스며든다

**예술**

억만 개의 휘황한 태양이 부숴진 거울에 굴절된다

**인민**

달빛은 찢겨 번득이는 밀알이 되어
성실한 땅과 하늘에 뿌려진다

**노동**

손, 지구를 둘러싸고 있는

## 운명

아이들은 생각 없이 난간을 두드리고
난간은 생각 없이 밤을 두드리고

## 신앙

양떼는 초록 웅덩이로 떨어지건만
목동은 그저 한결같이 피리를 불고 있다

## 평화

제왕이 죽은 곳
낡은 창에서 가지가 나고 싹이 터
장애인들의 지팡이가 되다

**조국**

그녀는 청동 방패에 주조된 채
어둠을 내뿜는 박물관 벽에 기대어 있다

**생활**

그물

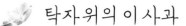 탁자 위의 이 사과

기유빅

탁자 위의 이 사과,
오늘 저녁까지 그대로 놔두어라.


설마! 빵을 먹지 않고,
우유도 핥지 않는
죽은 사람들이 베어먹지는 않겠지.

# 한여름, 토바고

데릭 월컷

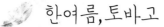

태양이 내리쬐는 넓은 해변들.


하얀 더위.
푸른 강물.


다시, 말라붙은 노란 야자나무들


여름에 잠자는 집에서
8월 내내 꾸벅 졸며


내가 붙잡았던 날들,
내가 잃어버린 날들,


딸애들처럼 웃자라서,
내 팔을 빠져나가는 날들.

# 배움을 찬양함

베르톨트 브레히트

가장 단순한 것을 배워라! 자기의
시대가 도래한 사람들에게는
결코 너무 늦은 것이란 없다!
알파벳을 배워라, 그것으로 충분하지는 못하지만
우선 그것을 배워라! 꺼릴 것 없다!
시작해라! 당신은 모든 것을 알아야만 한다!
당신이 앞장을 서야만 한다.

배워라, 난민 수용소에 있는 남자여!
배워라, 감옥에 갇힌 사나이여!
배워라, 부엌에서 일하는 부인이여!
배워라, 나이 예순이 넘은 사람들이여!
학교를 찾아가라, 집 없는 자여!
지식을 얻어라, 추위에 떠는 자여!

굶주린 자여, 책을 손에 들어라.

책은 하나의 무기다.

당신이 앞장을 서야 한다.


묻기를 서슴지 말아라, 친구여!

아무것도 믿지 말고

스스로 조사해 보아라!

당신 자신이 알지 못하는 것은

당신이 모르는 것이다.

계산서를 확인해 보아라!

당신이 그 돈을 내야만 한다.

모든 항목을 하나씩 손가락으로 짚어가면서

물어보아라, 그것이 어떻게 여기에 끼어들게 되었나?

당신이 앞장을 서야 한다.

# 어느 새의 초상화를 그리려면
## - 엘자 앙리께즈에게

쟈끄 프레베르

우선 문 열린

새장을 하나 그릴 것

다음에는 새를 위해

뭔가 예쁜 것을

뭔가 간단한 것을

뭔가 예쁜 것을

뭔가 유용한 것을 그릴 것

그 다음엔 그림을

정원이나

숲이나

혹은 밀림 속

나무에 걸어놓을 것

아무 말도 하지 말고

움직이지도 말고……

때로는 새가 빨리 오기도 하지만

여러 해가 걸려서

결심하기도 한다

실망하지 말 것

기다릴 것

필요하다면 여러 해를 기다릴 것

새가 빨리 오고 늦게 오는 것은

그림의 성공과는 무관한 것

새가 날아올 때는

혹 새가 날아오거든

가장 깊은 침묵을 지킬 것

새가 새장에 들어가기를 기다릴 것

그가 새장에 들어가거든

살며시 붓으로 새장을 닫을 것

그리고

차례로 모든 창살을 지우되

새의 깃털을 다치지 않도록 조심할 것

그리고는 가장 아름다운 가지를 골라

나무의 초상을 그릴 것

푸른 잎새와 싱싱한 바람과

햇빛의 가루를 또한 그릴 것

그리고는 새가 결심하여 노래하기를 기다릴 것

혹 새가 노래를 하지 않으면

그것은 나쁜 징조

그림이 잘못된 징조

그러나 새가 노래하면 좋은 징조

당신이 사인해도 좋다는 징조

그러거든 당신은 살며시

새의 깃털 하나를 뽑아서

그림 한구석에 당신 이름을 쓰라.

# 푸른 도화선 속으로
# 꽃을 몰아가는 힘이

딜런 말라이스 토머스

푸른 도화선 속으로 꽃을 몰아가는 힘이
푸른 내 나이 몰아간다, 나무의 뿌리를 시들게 하는 힘이
나의 파괴자다.
하여 나는 말문이 막혀 구부러진 장미에게 말할 수 없다
내 청춘도 똑같은 겨울 열병으로 굽어졌음을.

바위틈으로 물을 몰아가는 힘이
붉은 내 피를 몰아간다, 모여드는 강물을 마르게 하는 힘이
내 피를 밀랍처럼 굳게 한다.
하여 나는 말문이 막혀 내 혈관에게 입을 뗄 수가 없다
어떻게 산속 옹달샘을 똑같은 입이 빠는지를.

웅덩이의 물을 휘젓는 손이
모래 수렁을 움직인다, 부는 바람을 밧줄로 묶는 손이
내 수의(壽衣)의 돛폭을 잡아끈다.
하여 나는 말문이 막혀 목 매달린 자에게 말할 수 없다
어떻게 내 살이 목을 매다는 자의 석회가 되는지를.

시간의 입술이 샘물머리에 붙어 거머리처럼 빨아 댄다,
사랑은 방울져 모인다, 그러나 떨어진 피가
그녀의 상처를 달래 주리.
하여 나는 말문이 막혀 기상(氣象)의 바람에게 말할 수 없다
어떻게 시간이 별들을 돌며 똑딱똑딱 천국을 세는지를.

하여 나는 말문이 막혀 애인의 무덤에 말할 수 없다
어떻게 내 시트에도 똑같이 구부러진 벌레가 기어가는지를.

# 술 노래

월리엄 버틀러 예이츠

술은 입으로 들고
사랑은 눈으로 드나니.

우리가 늙어서 죽기 전까지
배워야 할 진실은 오직 그것뿐,
나는 입에 잔을 들며
그대를 바라보며 한숨짓는다.

# 열매 맺지 못하는
오렌지 나무의 노래

가르시아 로르카

나무꾼이여.
내 그림자를 나한테서 잘라내 줘요.
열매 없는 자신을 보는
고통에서 나를 해방시켜 줘요.

왜 나는 거울들 속에서 태어났죠?
낮은 나를 에워싸 맴돌고,
별 많은 밤은
나를 판에 박듯 복사해요.

나는 나를 보지 않고 살고 싶어요.
그리고 꿈꿀 거예요
개미들과 엉겅퀴가 내
잎이며, 새이기를.

나무꾼이여.

내 그림자를 나한테서 잘라내 줘요.

열매 없는 자신을 보는

고통에서 나를 해방시켜 줘요.

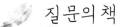 질문의 책

파블로 네루다

도마뱀은 어디서
꼬리에 덧칠할 물감을 구할까

봄은 어디서 그토록 많은
잎사귀들을 얻을까

만일 노란색을 다 써 버리면
우리는 무엇으로 빵을 만들까……

오래된 재는
불 옆을 통과할 때 무슨 말을 할까

아직 흘리지 않은 눈물들은
작은 호수에서 기다리고 있을까

아니면 눈물들은 슬픔을 향해 흘러가는
보이지 않는 강물일까

무수히 많은 흰 치아로
쌀은 누구를 보며 미소지을까

오렌지는 오렌지 나무에서 어떻게
태양을 여러 조각으로 나눌까

나는 무엇을 하려고 이 세상에 왔는지
누구에게 물어봐야 할까

내가 마침내 나 자신을 발견한 곳은
사람들이 나를 잃어버린 곳일까

어렸을 때의 나는 어디에 있을까
아직 내 안에 있을까, 아니면 사라졌을까

더 무겁게 느껴지는 것은 무엇일까
슬픔일까, 아니면 기억일까

소금은 어디서
그 투명한 모습을 얻을까

석탄은 어디서 잠들었다가
검은 얼굴로 깨어날까

만일 내가 죽었으면서도 그것을 알지 못한다면
누구에게 그 시간을 물어야 할까

빗속에 정지해 있는 기차보다
더 슬픈 것이 세상에 있을까

왜 숲은 눈을 기다리기 위해서만
옷을 벗을까

젖먹이 꿀벌은 언제
자신의 향기를 맨 처음 맡을까

소나무는 언제
자신의 향을 퍼뜨리기로 결심했을까

연기들은 언제
공중을 나는 법을 배웠을까

뿌리들은 언제
서로 이야기를 나눌까

별들은 어떻게 물을 구할까
전갈은 어떻게 독을 품게 되었고
거북이는 무슨 생각을 할까
그늘이 사라지는 곳은 어딜까
비는 무슨 노래를 되풀이할까
새들은 어디서 마지막 눈을 감을까

우리가 아는 것은 한 줌 먼지만도 못하고

추측하는 것만이 산더미 같다

그토록 열심히 배우건만

우리는 단지 질문하다 사라진다

새장에 갇힌 새

마야 안젤루

자유로운 새는
바람을 등지고 날아올라
바람의 흐름이 멈출 때까지
그 흐름에 따라 떠다닌다.
그리고 그의 날개를
주황빛 햇빛 속에 담그고
감히 하늘을 자신의 것이라 주장한다.

하지만 좁은 새장에서
뽐내며 걷는 새는
그의 분노와 창살 사이로
내다볼 수 없다.
날개는 잘려지고
발은 묶여
그의 목을 열어 노래한다.

314

새장에 갇힌 새는 노래한다.

겁이 나 떨리는 소리로

잘 알지 못하지만 여전히

갈망하고 있는 것들에 관해.

그의 노랫소리는

저 먼 언덕에서도 들린다.

새장에 갇힌 새는

자유에 대해 노래하기 때문이다.

# 시인 소개

미라보 다리_기욤 아폴리네르(Guillaume Apollinaire, 1880~1919)
프랑스의 평론가, 작가이자 시인. 1917년 희곡 〈타레시아스의 유방〉을 통해 '초현실주의'
란 말을 처음으로 사용했다. 주요 작품집으로는 《썩어가는 요술사》《동물시집》 등이 있
다.

가지 않은 길_로버트 프로스트(Robert Lee Frost, 1874~1963)
미국의 시인. 뉴햄프셔의 농장에서 오랫동안 생활해 그 지방의 자연을 맑고 쉬운 언어로
표현하였다. 전후 4회에 걸쳐 퓰리처상을 받았다. 시집으로는 《보스턴의 북쪽》《시 모음
집》 등이 있다.

내 가슴은 뛰노니_윌리엄 워즈워스(William Wordsworth, 1770~1850)
영국 낭만파 시인. 영국 최초의 낭만주의 문학 선언이라고 볼 수 있는 《서정가요집》 개정
판 서문에서 '시골 가난한 사람들의 스스로의 감정의 발로만이 진실된 것이며, 그들이 사
용하는 소박하고 친근한 언어야말로 시에 알맞은 언어'라고 하여 18세기식 기교적 시어를
배척했다. 그는 영문학에만 그치지 않고 유럽 문화의 역사상 커다란 뜻을 지녔다.

지옥에서 보낸 한 철_아르튀르 랭보(Jean-Nicolas-Arthur Rimbaud, 1854~1891)
19세기 프랑스의 시인. 남아 있는 작품은 모두 15세부터 20세 사이의 작품이다. 이장바르
에게 영향을 받았으며 프랑스 상징파 시인 베를렌과 연인 사이였다. 산문시집 《일뤼미나
시옹》 등이 있다.

해변의 묘지_폴 발레리(Ambroise-Paul-Toussaint-Jules Valery, 1871~1945)
프랑스 남부 세트 출생. 파리로 이주하여 《테스트 선생과의 저녁》《레오나르도 다 빈치 방
법론 입문》 등의 글을 통해 깊이 있는 사고와 필력을 과시했으나, 20여 년간 절필하다 프
랑스 시에서 최고의 걸작 가운데 하나로 평가받는 장시 《젊은 파르카 여신》과 대표작 「해
변의 묘지」와 「나르시스단장」 등을 담은 시집 《매혹》을 발표했다.

애너벨 리_에드거 앨런 포(Edgar Allan Poe, 1809~1849)
미국의 단편 소설가, 편집자, 비평가이자 시인. 미국 낭만주의를 대표하는 인물이다. 주요 작품집으로는 《황금 풍뎅이》《어셔가의 몰락》《검은 고양이》 등이 있다.

뱀_D.H. 로렌스(David Herbert Lawrence, 1885~1930)
영국 소설가, 시인 겸 비평가. 《채털리 부인의 사랑》은 그의 성철학(性哲學)을 펼친 작품이며 외설시비로 오랜 재판을 겪은 후 미국에서는 1959년에, 영국에서는 1960년에야 비로소 완본 출판이 허용되었다. 이 밖에도 많은 중편 및 단편소설, 시집, 여행기, 평론집, 서간집 등이 있다.

누구를 위하여 종은 울리나_존 던(John Donne, 1572~1631)
영국의 시인 · 신학자. 가톨릭 교도였다가 옥스퍼드 · 케임브리지 대학에서 배우고, 영국 교회에 개종했다. 처음에는 연애시를 썼으나, 신앙이 깊어짐에 따라 엄숙 · 신비적이 되고 소위 '형이상학적 시인 metaphysical poets'의 제 일인자로 되었다. 시집은 《세계의 해부》《제2주년의 시》가 있으며 드라이든, 브라우닝에게 큰 영향을 주었다.

이 사랑_자끄 프레베르(Jacques-Henri-Marie Prevert, 1900~1977)
프랑스 파리 교외의 뇌이쉬르센에서 태어났다. 초등교육을 마친 뒤 진학을 포기하고 봉마르세 백화점에서 일하였으며, 1918년 군대에 징집되어 근동(近東) 지역에서 복무하였다. 1930년까지는 초현실주의 작가 그룹에 속하는 시인으로서 활약하였는데, 이후 그 관심을 영화로 돌려 《악마는 밤에 온다》《말석 관람객들》등의 명작 시나리오를 썼다.

또 다른 호랑이_호르헤 루이스 보르헤스(Jorge Luis Borges, 1899~1986)
20세기의 상징적인 문학가로 '현대 환상문학의 대가', '포스트모더니즘의 선구자'로 불린다. 아르헨티나의 부에노스아이레스에서 태어났고, 대표적 에세이집으로 《또 다른 탐문》이 있고 시집 《어둠의 찬양》 단편집으로 《픽션들》 등이 있다.

나의 어머니_베르톨트 브레히트(Bertolt Brecht, 1898~1956)
극작가, 시인. 연극 평론가. 귀환병을 묘사한 처녀작 〈밤의 북소리〉는 표현주의 희곡 최후의 걸작으로 클라이스트 문학상을 받았으며, 영국인 게이의 작품을 번안한 통렬한 사회풍자극 〈서푼짜리 오페라〉로 유명해졌다. 나치즘을 비판한 연극 〈제3제국의 공포와 비참〉, 30년 전쟁을 주제로 한 〈배짱 좋은 엄마와 아이들〉을 집필했다.

시상(詩想)-여우_테드 휴즈(Ted Hughes, 1930~1998)는 영국의 시인, 아동문학가이다.
1984년부터 사망할 때까지 영국 계관 시인이었다. 여성 시인 실비아 플라스와 결혼하여
동화같은 삶을 살기도 했다.

봄_빈센트 밀레이(Edna St. Vincent Millay, 1892~ 1950)
미국의 시인이자 극작가였다. 산문 작업을 할 때에는 낸시 보이드라는 가명을 사용했다.
처녀 시집 《재생 기타》를 발표했고 《한밤중의 대화》 등 많은 시집을 발표했다. 소네트를
가장 잘기로 한 순수한 서정 시인이었다.

여행에의 초대_샤를 보들레르(Charles-Pierre Baudelaire, 1821~1867)
19세기 후반 프랑스의 시인. 에드거 앨런 포의 작품을 번역 · 소개하였고, 랭보 등 상징파
시인들에게 영향을 끼쳤다. 대표작으로 시집 《악의 꽃》이 있다.

작은 상자_바스코 포파(Vasko Popa, 1922~1991)
현대 유고슬라비아 문학을 대표하는 초현실주의 시인. 세르비아의 전래 수수께끼, 주문,
잠언, 자장가 등에서 시적이고 초현실적인 요소를 뽑아 탄생한 첫 시집 《껍질》은 그 혁신
성과 실험성으로 전후 유고슬라비아 초현실주의 문학의 신호탄으로 평가받는다. 1968년
오스트리아 정부가 수여하는 유럽문학상을 수상했다.

큰 집은 춥다_하우게(HAUGE, Olav Hakonson, 1908-1994)
노르웨이의 울빅에서 태어나 유년시절부터 50대에 이르기까지 정신질환으로 고통을 받기
도 했다. 그의 문학은 장소성에 뿌리를 두면서도 시공의 경계를 자유롭게 넘나드는 우주
적 스케일과 인간의 실존을 투시할 줄 아는 직관을 그 특징으로 한다. 1927년 《굴라 티덴
드》를 발표한 뒤, 38세에 첫 시집 《재 안의 불씨》를 펴냈다. 일곱 권의 시집과 낭송시집,
번역시집, 서간집, 아동 도서를 출간하고, 15세부터 죽기 전까지 쓴 방대한 분량의 일기
가 출간되기도 했다.

식당_프랜스시 잠(Francis Jammes, 1868~1938)
요약상징파의 후기를 장식한 신고전파 프랑스 시인. 상징주의 말기의 퇴폐와 회삽(晦澁)
한 상징파 속에서 이에 맞선 독자적인 경지를 열었다. 주요 저서로 《그리스도교의 농목
시》《새벽종으로부터 저녁 종까지》등이 있다.

익나시오 산체스메히아스의 죽음을 애도하는 노래_페데리코 가르시아 로르카(Federico Garcia Lorca, 1899~1936)
에스파냐의 시인·극작가. 시집 《노래의 책》, 《집시 가집》으로 유명하다. 대학생 극단 '바라카'를 조직, 연극의 보급, 고전극 부활에 힘썼다. 극작으로 《피의 혼례》 《베르나르다 알바의 집》 등이 있다.

겨울 물고기_요제프 브로드스키(Joseph Brodsky, 1940~1996)
러시아 출신의 유대계 미국 시인. 1956년 헝가리 사태에 충격을 받고 반체제 성향을 띠게 되었으며 이후 강제노동수용소에 유배되기도 했다. 강제 추방되어 미국에 정착해 미국 문단에서 각광을 받기 시작해 미시간대학교에서 러시아 시와 현대 서구시를 강의하고 교수로 활동하기도 했다. 노벨 문학상을 수상하기도 했다.

튤립_실비아 플라스(Sylvia Plath, 1932~1963)
미국의 시인이자 단편소설작가이다. 어렸을 때부터 문학에 재능을 보였으며, 시와 함께 자전적 성격의 소설인 《벨 자(The Bell Jar)》로 명성을 얻었다. 영국의 계관시인 테드 휴스와 결혼했고, 사후 컬트적인 명성을 얻었다.

화살과 노래_헨리 워즈워스 롱펠로(Henry Wadsworth Longfellow, 1807~1882)
미국의 시인. 유럽의 시적 전통, 특히 유럽 대륙 여러 나라의 민요를 솜씨있게 번안·번역함으로써 미국 대중에게 전달한 공적이 크다. 시집으로 《그 후》, 《판도라의 가면과 다른 시》 등이 있다.

4천의 낮과 밤_타무라 류이치(田村隆一, 1923~1998)
일본의 현대 시인. 도쿄 출신으로 메이지대학을 졸업했다. 제2차 세계대전 뒤, 뜻이 맞는 젊은 시인들과 동인을 결성하고 전후시(戰後詩)의 기수로서 폭넓은 활동을 펼쳤다. 대표적인 작품으로 「4천의 낮과 밤」 「말이 없는 세계」 등이 있다.

내가 제일 예뻤을 때_이바라기 노리코(茨木のり子, 1926~2006)

일본의 현대 시인. 오사카 출신이다. 제국여자약전(현 토호東邦대학의 전신) 약학부를 졸업했는데, 대학 재학 중 셰익스피어의 『한여름 밤의 꿈』을 보고 극작가가 되기로 결심하면서 희곡과 동화 등을 습작했다. 결혼하고 난 뒤, 시를 발표하면서 시인으로 이름을 내기 시작했다. 제2차 세계대전이 끝난 뒤 일본인의 가슴에 깃든 무력감과 상실감을 담아낸 「내가 가장 예뻤을 때」란 시로 평단과 대중을 사로잡으며 일본을 대표하는 현대시인이라는 평가를 받았다.


니그로, 강에 대해 말하다_랭스턴 휴즈(James Mercer Langston Hughes, 1902~1967)

미국의 흑인 시인·소설가. 블루스, 민요를 능숙히 구사하는 시풍으로, 1920년대 흑인 문예부흥의 기수가 되었다. 작품은 《슬픈 블루스》《유대인의 나들이옷》《편도 차표》《웃음이 없지는 않다》《심플, 가슴 속을 털어놓다》 등이다.


나의 방랑_아르튀르 랭보(Jean-Nicolas-Arthur Rimbaud, 1854~1891)

19세기 프랑스의 시인. 남아 있는 작품은 모두 15세부터 20세 사이의 작품이다. 이장바르에게 영향을 받았으며 프랑스 상징파 시인 베를렌과 연인 사이였다.


이니스프리 호도_윌리엄 버틀러 예이츠(William Butler Yeats, 1865~1939)

아일랜드의 시인겸 극작가. 1923년에는 노벨문학상을 수상하였다. 시집으로는 《오이진의 방랑기》《마이켈 로버츠와 무희(舞姬)》《탑(塔)》 등이 있다.


가을날_라이너 마리아 릴케(Rainer Maria Rilke, 1875~1926)

독일의 시인. 로댕의 비서로 일하면서 예술적으로 많은 영향을 받았다. 시집으로는 《꿈의 관(冠)》《강림절》《나의 축일에》《두이노의 비가(悲歌)》 등이 있다.


죽음의 푸가_파울 첼란(Celan, Paul 1920~1970)

루마니아 북부 부코비나의 체르노비츠에서 유대인으로 태어났다. 2차 세계대전 때 독일군에 점령되자 첼란의 가족도 끌려가 희생되었다. 그는 가스실 처형 직전까지 갔다가 가까스로 살아남지만, 이후 끔찍한 기억에 고통스러워하다 파리에서 자살한다. 첫 시집 《유골 항아리에서 나온 모래》와 7권의 독일어 시집을 남겼다. 브레멘 문학상과 게오르크 뷔히너 상을 수상했다.

순수의 전조(前兆)_윌리엄 블레이크(William Blake, 1757~1827)
영국의 화가이자 시인. 신비로운 체험을 시로 표현했다. 주요 작품으로는 시화집 《천국과 지옥의 결혼》《셀의 서(書) The Book of Thel》《밀턴》 등이 있다.

새로운 사랑의 품에서_잘랄 앗 린 루미(Jalal Al-Din Rumi, 1207~1273)
페르시아의 발흐에서 태어나 신학자인 아버지와 함께 바그다드, 메카 등지를 떠돌며 순례하다 지금의 터키인 코니아에 정착했다. 종교인이자 학자로서 이슬람 신비주의 사상을 펼치는 한편 신과의 사랑의 기쁨을 노래한 시를 지었다. 작품 대서사시 〈영적인 마스나위〉는 이슬람 신비주의 사상과 시문학에 지대한 영향을 끼침으로써, '신비주의의 바이블', '페르시아어로 된 코란'이라는 명성을 얻고 있다.

어머니께 드리는 편지_세르게이 알렉산드로비치 예세닌(Sergei Aleksandrovich Yesenin, 1895~1925)
랴잔 출생. 빈농 집안에 태어나, 17세 때는 모스크바에서 상점·인쇄소의 직공으로 일하면서 틈틈이 시를 썼다. 첫시집 《초혼제(招魂祭)》이후 혁명기에는 《변용(變容)》《오 루시여, 활개쳐라》《동지》등 혁명에 관한 작품을 발표하였다. 그의 시에는 단순한 목가나 노스탤지어를 넘어선 조국애가 깃들어 있고, 사회주의화가 진행됨에 따라 변용되어 가는 조국의 모습 속에서 옛 농촌을 사랑하는 시인의 고뇌가 서정성·민중성·내면성을 통해 표현되어 있다. 그는 《잘 있거라, 벗이여》를 남기고 자살하였다. 《주정뱅이의 모스크바》《26인의 발라드》《소비에트 루시》《안나 스네기나》 등의 대표작이 있다. 이 높이 평가된다.

우리들의 행진곡_블라디미르 마야코프스키(Vladimir Mayakovsky, 1893~1930)
러시아의 미래주의 시인·극작가. 15세 때 러시아 사회민주노동당에 가입한 후 반체제 활동으로 여러 번 체포되었다. 1912년에는 동료들과 《대중의 취향에 따귀를 때려라》라는 미래주의 선언문을 담은 책을 발간하였으며, 스탈린 체제의 권위주의와 새로운 경제정책과 함께 나타난 기회주의를 풍자하였다. 대표작으로는 《배반의 플루트》《전쟁과 세계》《인간》 등이 있다.

유예된 시간_잉게보르크 바하만(Ingeborg Bachmann, 1926~1973)
오스트리아의 여류시인. 제2차 세계대전 후에 젊은 작가들이 만든 '그룹 47'의 회원이었으며, 1953년 '그룹 47'의 문학상을 받았다. 벤과 레만으로 대표되는 자연시 계통에 속하며, 시집 《유예된 시간》과 《큰곰자리좌에의 호소》는 정교하고 치밀한 구상성(具象性)이 있다. 또 소설·수필·라디오 드라마에도 재능을 보였다.

야간 통행금지_폴 엘뤼아르(Paul Luard, 1895~1952)
본명은 외젠 에밀 폴 그랑델. 다다이즘 운동에 끼어들고, 이윽고 초현실주의 대표적 시인으로 활약한 프랑스 시인. 주요 작품으로는 《자유》《독일군의 주둔지에서》 등이 있다.

J. 앨프레드 프루프록의 연가_T. S. 엘리어트(Thomas Stearns Eliot, 1888~1965)
미국계 영국 시인, 극작가, 문학 비평가. 극작가로서 활약하기 전에는 시 〈황무지〉로 영미시계에 큰 변혁을 가져오게 하였으며 또한 비평가로서도 뛰어나 일약 유명해졌다. 〈스위니 아고니스테이즈〉〈바위〉〈사원의 살인〉〈가족재회〉〈칵테일 파티〉〈비서〉〈노정치가(老政治家)〉 등의 희곡을 발표하였는데 모두 운문으로 쓰여 있다.

수박을 기리는 노래_파블로 네루다(Pablo Neruda 1904년 7월 12일~1973년 9월 23일)
본명은 네프탈리 리카르도 레예스 바소알토. 칠레의 사회주의 정치가이자 민중시인. 1971년 노벨문학상을 수상했다. 주요 작품집으로는 《지상의 주소》《기본적인 오드》《총화의 노래》 등이 있다.

나 자신의 노래 1_월트 휘트먼(Walt Whitman, 1819~1892)
19세기 미국의 시인. 시집 《풀잎》은 종래 전통적 시형을 벗어나, 미국의 적나라한 모습을 찬미했다. 3판에 이르러는 '예언자 시인'으로의 변모를 드러냈다. 산문집 《자선일기 기타》가 유명하다.

바다의 미풍_스테판 말라르메(Stephane Mallarme, 1842~1898)
19세기 프랑스의 상징파 시인. 그의 '화요회'에서 20세기 초 활약한 지드, 발레리 등이 배출되었다. 장시 《목신의 오후》《던져진 주사위》 등이 있다. 프랑스 근대시의 최고봉으로 인정받는다.

지평선_막스 자콥(Max Cyprien Jacob, 1876~1944)
유태계 프랑스의 시인. 브르타뉴의 캥페르에서 출생, 드랑시의 포로 수용소에서 사망.
1901년 피카소를 알게되어 몽마르트르에서 친교를 맺다. 또 아폴리네르, 살몬(André
Salmon, 1881~1969) 등 시인과도 교류하고, 큐비즘이나 쉬르레알리즘의 탄생에 영향을
미쳤다. 그의 시는 조소적이고 풍자적인 정신의 소산으로 속어나 익살을 많이 썼다.

반평생_프리드리히 횔덜린(Friedrich Hölderlin, 1770~1843)
독일의 시인. 잃어버린 황금시대에 대한 한탄하고 암흑시대에 신의 재림을 믿으며 신들의
재림을 노래한《엠페도클레스의 죽음》《디오티마》 등의 걸작이 있다.

경이로움_비스와바 쉼보르스카(Wisława Szymborska, 1923~2012)
폴란드의 시인이자 번역가. 샤회주의 리얼리즘 수법을 반영한 꾸밈없고 섬세한 언어로 구
사된 작품들을 발표하였다. 대표작은《큰 수》《끝과 시작》등이 있으며 1996년도 노벨문학
상을 수상하였다.

가로등의 꿈_볼프강 보르헤르트(Wolfgang Borchert, 192~1947)
독일의 시인·극작가. 전쟁과 투옥의 반복된 생활로 26세의 나이에 요절하였다. 그런 그
의 경험은 그의 작품에서 잘 드러난다. 대표작은 희곡《문 밖에서》이다.

대답_베이다오(Beidao, 北島, 1949~ )
시의 형식을 대담하게 혁신했다는 평가를 받는 중국 현대 문학가. 어두우면서도 힘 있고
호방한 시를 많이 지었다. 주요 작품에는 톈안먼사건[天安門事建]을 배경으로 해 당시의
사회적 현상을 폭로하고 비판한《회답(回答)》을 비롯《가자》《선언》《비 내리는 밤》 등이
있다.

오직 드릴 것은 사랑뿐이라_마야 엔젤루(Maya Angelou, 1928~2014)
미국의 시인이자 소설가. 토니 모리슨, 오프라 윈프리 등과 함께 미국에서 가장 영향력
있는 흑인 여성 중 한 명으로 꼽힌다. 자전적 소설《새장에 갇힌 새가 왜 노래하는지 나는
아네》를 발표해 베스트셀러 작가가 되었으며, 1971년에는 영화 〈조지아, 조지아〉의 각본
과 음악을 맡았고 영화에 직접 출연하기도 했다. 가수, 작곡가, 극작가, 배우, 프로듀서,
인권운동가, 저널리스트 등 다양한 분야에서 왕성한 활동을 펼치고 1993년에는 빌 클린
턴의 요청을 받아 흑인 여성 최초로 미국 대통령 취임식에서 축시를 낭송하기도 했다.

숲의 대화_요제프 폰 아이헨도르프(Joseph Freuherr von Eichendorff, 1788~1857)
독일 후기 낭만파 시인. 소설가. 향토색 짙은 많은 서정시를 남겨 '독일의 숲의 시인'이라
불린다. 대표작 《어느 건달의 생활》이 있다.

불과 재_프랑시스 퐁주(Francis Ponge, 1899~1988)
프랑스의 시인 겸 비평가. 시는 대개 돌멩이·물·스포츠맨 등 일상적이고 비근한 사물이
나 현상을 제재로 하는 것이었는데 거기서는 인간도 역시 사물화(事物化)되는 것이다. 사
물주의라 불리는 이 시. 철학적 시도는 젊은 시인과 작가들에게 큰 영향을 끼쳤다. 주요
저서에는 《물(物)의 편》 《집매성》이 있다.

모든 일에서 극단에까지 가고 싶다_보리스 파스테르나크(Boris Leonidovich Pasternak,
1890~1960)
러시아의 시인·소설가. 그의 작법은 다소 난해한 방법으로, 상징주의를 극복한 '연상(聯
想)'으로 대상의 본질을 표현하는 것이었다. 1958년 노벨문학상 수상을 놓고 국외추방 위
기에 놓이자 수상을 포기하였다. 대표작으로는 《닥터 지바고》등이 있다.

산비둘기_장 콕토(Jean Cocteau, 1889~1963)
프랑스의 시인·소설가·극작가. 다방면에 이른 활동을 겸하며 문단과 예술계에 물
의를 일으키기도 하였다. 시집 《알라딘의 램프》, 극본 《에펠탑의 신랑 신부》, 소설 《Le
Potomak》 외 다수의 작품을 많은 장르에서 선보였다.

아름다운 사람_헤르만 헤세(Hermann Hesse 1877~1962)
독일계 스위스 화가. 소설가. 시인. 1946년 노벨문학상을 받았다. 주요 작품으로는 《수레
바퀴 밑에서》 《데미안》 《싯다르타》 《유리알 유희》 등이 있다.

언덕 꼭대기에 서서 소리치지 말라_하우게

두이노의 비가(悲歌) 9_라이너 마리아 릴케

시_파블로 네루다

소네트 89_셰익스피어(William Shakespeare 1564~1616)
영국의 극작가이자 시인. 영국이 낳은 최고의 극작가라는 찬사를 받았으며 비평가 칼라일
로부터 '인도와도 바꿀 수 없다'는 평을 받았다. 주요 작품으로는 《햄릿》《리어왕》《로미오
와 줄리엣》 등이 있다.

태양의_필립 라킨(Philip Arthur Larkin, 1922~1985)
영국 시인 겸 소설가. 신시운동(新詩運動) 무브먼트(The Movement)파의 대표적인 시인으
로서 제2차 세계대전 후의 영국 시에 끼친 영향이 크다. 개인적 체험과 평범한 일상생활
에서 소재를 얻어서 간결한 말과 전통적인 시형(詩形)을 사용하여 노래하였다. 대표작으
로《교회를 방문하다》등이 있다.

편도나무야, 나에게 신에 대해 이야기해다오_니코스 카잔차키스(Nikos Kazantzakis,
1883~1957)
그리스의 시인·소설가·극작가. 여러 나라를 편력하면서, 역사상 위인을 주제로 한 비극
을 많이 썼다. 그리스 난민의 고통을 묘사한《다시 십자가에 못박히는 그리스도》로 세계
적인 명성을 얻었다. 대표작으로《그리스인 조르바》《오디세이아》등이 있다

뱀을 정원으로 옮기며_메리 올리버(Mary Oliver, 1935~ )
미국의 시인. 14살 때 시를 쓰기 시작하여 1963년에 첫 시집《항해는 없다 외(No voyage
and other poems)》를 발표했다. 1984년《미국의 원시(American Primitive)》퓰리처상을, 1992
년《새 시선집(New and selected poems)》으로 전미도서상을 받았다. 메리 올리버의 시들은
자연과의 교감이 주는 경이와 기쁨을 단순하고 빛나는 언어로 노래한다.

진정한 여행_나짐 히크메트(Nazim Hikmet)
터키의 혁명적 서정시인이자 극작가로 모스크바 유학시절 마야콥스키의 영향을 받았고
귀국 후 공산당에 입당하였다. 대표작으로는 시《죽은 계집아이》, 희곡《다모클레스의
칼》 등이 있다.

결혼에 대하여_칼릴 지브란(Kahlil Gibran, 1883~1931)
본명은 지브란 칼릴 지브란 빈 미카일 빈 사드. 레바논계 미국인으로 예술가, 철학가, 시
인, 작가이다. 영어 산문체로 쓴 철학 에세이 연작 중 하나인《예언자》, 아랍어 소설《부
러진 날개》등으로 유명하다.

## 출발_막스 자콥(Max Jacob, 1876~1944)

유태계 프랑스의 시인. 브르타뉴의 캥페르에서 출생, 드랑시의 포로 수용소에서 사망. 1901년 피카소를 알게되어 몽마르트르에서 친교를 맺다. 또 아폴리네르, 살몬(Andre Salmon, 1881~1969) 등 시인과도 교류하고, 큐비즘이나 쉬르레알리슴의 탄생에 영향을 미쳤다. 그의 시는 조소적이고 풍자적인 정신의 소산으로 속어나 익살을 많이 썼다.

## 눈사람_월리스 스티븐스(Wallace Stevens, 1879~1955)

미국 시인. 풍부한 이미지와 난해한 은유를 특색으로 작품을 쓰며《시집》으로 퓰리처상을 수상했고,《필요한 천사》같은 뛰어난 시평론도 남겼다. 퓰리처상 이외에도 볼링겐상, 전국 도서상을 수상하였다.

## 아치볼드 매클래시(Archibald Macleish, 1892~1982)

미국의 현대 시인. 예일 대학을 졸업하고, 하버드 대학에서 법률학을 전공하여 한 때 변호사 생활을 한 적도 있다. 1923년 파리로 건너가 엘리엇 파운드의 영향 아래서 시를 쓰기 시작하였다. 매클리시는 20세기 모더니즘 문학론의 선구자인 T.S. 엘리어트의 영향을 받았다. 엘리어트는 시란 어떤 특정한 정서와 동일한 이미지나 일련의 이미지, 또는 어떤 장면 등 객관적 사물을 제시함으로써 독자의 정서를 환기시키는 것이라고 보았다. 시에서 개인의 정신적 자유를 추구하고, 시극에도 깊은 관심을 보여, 작품으로 「공황」 「도시의 함락」 등의 우수한 시극을 남겼다.

## 내가 가본 적 없는 어떤 곳에_E.E. 커밍스(E.E. Cummings, 1894~1962)

문학 실험기에 독특한 구두법과 구절법(句節法)으로 주목을 끈 시인이다. 1915년 하버드 대학교에서 문학사 학위를 받고, 이듬해 문학 석사학위를 받았다. 1920년대와 1930년대에 걸쳐 파리에서 미술을 공부하고, 뉴욕에서도 생활했다. 처녀시집 〈튤립과 굴뚝 Tulips and Chimneys〉(1923)에 뒤이어 〈XLI 시 XLI Poems〉(1925)·〈그리고 &〉(1925)를 발표했다. 평생 시집 12권을 냈는데, 시에 냉소적이고 거친 분위기와 즉흥적인 분위기가 공존한다는 평가를 받았다. 일상의 언어와 벌레스크나 서커스에서 얻은 소재를 자주 이용했다. 성애를 다룬 시와 연애 서정시에는 어린아이 같은 솔직함과 신선함이 배어 있다.

늑대들_앨런 테이트(John Orley Allen Tate, 1899~1979)

신비평의 주창자로서 비평과 시를 통해 전통의 필요성을 강조했다. 미국 남부의 농경문화와 1950년 개종한 로마 가톨릭에서 자신의 전통을 찾았다. 1934년부터 테네시 주 멤피스에 있는 사우스웨스턴대학, 노스캐롤라이나대학교 여자대학, 프린스턴대학교, 미네소타대학교(1951~68)에서 강의하고, 〈시워니 리뷰 The Sewanee Review〉라는 문예지의 편집장을 지냈다. 가장 유명한 시 〈죽은 남부연합 지지자에게 부치는 송시 Ode to the Confederate Dead〉(1926)에서 죽은 사람들은 더 이상 느낄 수 없는 감정들을 상징하는 것으로 제시되어 있다.

테이블_쥘르 쉬페르비엘(Jules Supervielle, 1884~1960)

업적20세기 중반 프랑스의 시인ㆍ소설가ㆍ극작가. 작품은 《슬픈 유머》《인력》《불행한 프랑스의 시》《밤에 바친다》《비극적인 육체》 등이다. 광대한 우주적 공간감각이 특징이다.

눈_생종 페르스(Saint-John Perse, 1887~1975)

업적프랑스의 시인ㆍ외교관으로 1960년 노벨 문학상을 받았다. 작품은 《원정》《연대기》《단테를 위하여》 등이다. 동시대 문학 조류를 떠나, 클로델풍의 파격적 운율로 웅대한 서사시를 썼다

자유_폴 엘뤼아르

자유결합_앙드레 브르통(Andre Breton, 1896~1966)

프랑스의 시인. 초현실주의의 주창자이다. 1924년 《초현실주의 선언》을 발표, 꿈ㆍ잠ㆍ무의식을 인간정신의 자유로운 발로로 보는 시의 혁신운동을 궤도에 올렸다. 《문학》 등 기관지 발간. 작품 《나자》 등이 있다.

밤_앙리 미쇼(Henri Michaux, 1899~1984)

20세기 중반 프랑스의 시인ㆍ화가. 신비주의와 광기의 교차점에 서는 독자적 시경을 개척, 현대 프랑스 시의 대표적 시인의 하나로 지목된다. 저서는 《에콰도르》《아시아의 한 야만인》《내면의 공간》《비참한 기적》 등이다.

난 그게 그리 무섭지 않아_레이몽 끄노(Raymond Queneau, 1903~1976)

프랑스 시인, 소설가.

옛날의 겨울_살바토레 콰시모도(Salvatore Quasimodo, 1901~1968)
이탈리아의 시칠리아에서 출생. 시인으로 밀라노 음악학원의 이탈리아 문학 교수를 지냈다. 대표작으로는 시집 《그리고 곧 황혼이 되리니》《하루 또 하루》 등이 있으며 많은 번역서를 남겼다. 1959년 노벨문학상을 수상하였다.

행복_보리스 파스테르나크

자작나무_세르게이 알렉산드로비치 예세닌

염소_움베르또 사바(Umberto Saba, 1883~1957)
이탈리아의 현대 시인이자 소설가. 본명 움베르또 폴리(Umberto Poli). 오스트리아제국 치하의 트리에스테에서 태어났다. 어머니가 유대계라 파시즘 시대에는 피난하여 로마에 산 적이 있으나, 평생 트리에스테를 떠나지 않은 채 고서적 책방을 열고 살았다. 페트라르카, 레오파르디의 수법을 이어받은 이탈리아의 최고 서정시인 중 하나로 꼽힌다. 대표작으로 생애를 통한 영혼의 고백인 《서정시집 Canzoniere》(1945) 및 《서정시집의 시작(詩作)을 돌아보며 Storia e cronistoria del "Canzoniere"》(1948)가 있다. 1951년 노바로상을 받았다.

오수(午睡)_에우제니오 몬탈레(Eugenio Montale, 1896~1981)
이탈리아 시인으로 1975년 노벨문학상을 받았다. 1930~40년대에 몬탈레는 신비로움이 넘치는 시를 썼다. 주세페 웅가레티, 살바토레 콰시모도와 더불어 프랑스 상징주의자들의 영향을 받아, 말의 암시성과 주관적인 의미를 머금은 상징성이 돋보이는 시를 썼다. 제1차 세계대전에 참전하고 파시즘에 반대했는데, 그 무렵 문학 활동을 시작했다. 첫 시집 〈오징어의 뼈 Ossia di seppia〉(1925)는 전후(戰後)에 만연한 비관주의를 그렸다. 이어 〈세관원의 집 외(外) La casa dei doganieri e altre poesie〉(1932)·〈기회 Le occasioni〉(1939)·〈땅의 끝 Finisterre〉(1943)을 썼는데, 이들은 점차 더욱 내향적이며 모호해지고 있다는 평을 받았다. 후기 작품들은 초기에는 없던 능숙한 기교와 인간적인 따스함을 보여주었다.

서정시_요제프 브로드스키(Joseph Brodsky, 1940~1996)
러시아 출신의 유대계 미국 시인. 1956년 헝가리 사태에 충격을 받고 반체제 성향을 띠게
되었으며 이후 강제노동수용소에 유배되기도 했다. 강제 추방되어 미국에 정착해 미국 문
단에서 각광을 받기 시작해 미시간대학교에서 러시아 시와 현대 서구시를 강의하고 교수
로 활동하기도 했다. 노벨 문학상을 수상하기도 했다.

지하철역에서_에즈라 파운드(Ezra Weston Loomis Pound, 1885~1972)
미국의 시인. 이미지즘과 그 밖의 신문학 운동의 중심이 되어 엘리엇, 조이스를 소개하였
다.《피산 캔토스》로 보링겐상을 받았다. 이백의 영역《The Ta Hio》등 다방면의 우수한 번
역을 남겼다.

눈 오는 저녁 숲가에서_로버트 프로스트

그대가 늙었을 때_윌리엄 버틀러 예이츠

인생 찬가_헨리 워즈워스 롱펠로

포도주 찬미_샤를 보들레르

거상(巨像)_실비아 플라스

새_프랑시스 퐁주

일곱 번째 사람_아틸라 요제프(Attila Jozsef, 1905~1937)
20세기 헝가리의 시인. 부다페스트에서 태어나 1937년 12월 3일 발라톤사르소에서 목숨
을 끊었다. 맑스의 사상에 끌려 당시에는 불법이었던 공산당에 입당했고, 1936년에는 문
예비평지 〈셉소〉의 공동창립자가 되었다. 개인적 체험을 바탕으로 노동자 계급의 삶을
그린 그의 시는 비애감과 부조리가 스며 있는 리얼리즘의 문체로, 현대인의 복잡한 감정
을 표현하고 인생의 본질적인 아름다움과 조화에 대한 신념을 드러낸다.

기러기_메리 올리버

참나무_ 알프레드 테니슨(Alfred Tennyson, 1809~1892)
영국의 계관시인. 링컨셔의 목사의 아들. 케임브리지 대학에서 역사가 헨리 할람의 천재
적인 아들 아서 할람과 맺은 우정은 그의 죽음으로 끝났으나, 그의 죽음을 애도한 조시(弔
詩) 〈인 메모리엄〉(1850)에는 과학사상과 당시의 허물어져 가는 신앙심이 나타나 있다.
1884년에는 남작의 칭호를 얻고, 84세로 작고했다. 아서왕의 전설을 테마로 한 〈국왕 목
가〉〈이녹 아든〉등이 유명하며, 시집 〈모드〉가 있다.

고요한 생활_ 알렉산더 포프(Alexander Pope, 1688~1744)
영국의 시인 · 비평가. 대표작은 풍자시 《우인열전》(1728)이며, 철학시 《인간론》은 표현의
묘사가 뛰어난 역작이다. 그 외 《비평론》《머리카락을 훔친 자》《윈저의 숲》, 호메로스의
역시 《일리아스》《오디세이》 등이 있다.

노파에 대한 이야기_ 타데우슈 루제비치(Tadeusz Różewicz, 1921~)
폴란드 전위문학과 부조리극의 요소를 결합시킨 작품을 썼다. 제2차 세계대전 중 반체제
지하조직인 '폴란드 조국군대'에서 복무한 경험을 바탕으로 2권의 시집 〈불안 Niepokój〉
(1947) · 〈빨간 장갑 Czerwona rękawiczka〉(1948)을 냈다. 이 시집들은 보격, 연(聯), 압운 같
은 전통적인 시적 기법을 쓰지 않았기 때문에 주목을 받았다.

나무 밑의 식사_ 카를 크롤로브
독일의 전후 현대시인. 전후 독일시는 풍부하고 다양한 양상을 보였다. 크롤로브는 잉게
보르크 바흐만, 귄터 아이히, 한스 마그누스 엔첸스베르거 등과 함께 전통에서 시어를 해
방시키고 형식실험으로 자신들이 겪은 혼돈의 체험에 대해 썼다. 크롤로브의 시는 확정된
결말이 아니라 모호한 잠정성과 흰 여백을 많이 남긴다. 그는 "독자를 위해서, 인간을 위
해서만이 아니라, 살아 있지 않은 대상들, 풍경이나 하루 중 어떤 시각, 도시들, 정원들,
거리 모퉁이, 동물들, 공기, 어떤 사물 위에 비추이는 빛, 추위, 버려진 벽, 돌, 그 돌 속
의 구멍, 비애, 육체적 고통 사이의 화해, 들리지 않는 숨소리, 강아지와 고양이의 편안한
잠, 관습적인 방법으로 대답할 수 없는 많은 것을 위해."라고 쓴다.

성냥_프랑시스 퐁주

태양의 도시에서 온 편지_베이다오

탁자 위의 야생사과_기유빅(Eugene Guillevic, 1907~1997)
프랑스 현대 시인. 그의 시들은 하나같이 짧으며, 긴 시가 있다 하더라도 짧은 시행으로
페이지의 반은 여백으로 남는다. 그는 오히려 여백으로 가시화된 침묵이 단어 자체보다도
낱말의 의미를 더욱 연장시켜주며, 그 여운으로 더 많은 말을 할 수 있다는 확신을 갖고
소리. 나는 단어와 단어 사이에 존재하는 묵음의 깊은 아름다움의 조화로 시를 쓰고 있다.

한여름, 토바고_데릭 월컷(Derek Walcott, 1930~ )
세인트루시아의 시인이자 극작가로 1992년 노벨 문학상 수상자이다. 식민지 시절의 노예
제도부터 독립까지 카리브 해의 경험, 색다른 문화와 전통의 혼합이 담긴 카리브 해의 식
민적 지위의 자연을 탐구하였다. 작품으로는 〈푸른 밤에: 1948-1960〉〈다른 인생〉〈별사
과 왕국〉〈행운적 여행인〉〈아칸소 유언〉〈하사금〉〈티에폴로의 사냥개〉 등과 희곡 작품
이 있다.

배움을 찬양함_베르톨트 브레히트

어느 새의 초상화를 그리려면―엘자 앙리께즈에게_자끄 프레베르

푸른 도화선 속으로 꽃을 몰아가는 힘이_딜런 토마스(Dylan Marlais Thomas, 1914~1953)
1930년대를 대표하는 영국의 시인. 《18편의 시》《25편의 시》《사랑의 지도》 등의 시집이
음주·기행·웅변, 충격적 이미지와 겹쳐서 일종의 전설적 인물이 되었다. 《딜런 토머스
전시집》이 간행되었다.

술노래 _윌리엄 버틀러 예이츠

열매 맺지 못하는 오렌지나무의 노래_페데리코 가르시아 로르카(Federico Garcia Lorca, 1899~1936)

에스파냐의 시인·극작가. 시집 《노래의 책》《집시 가집》으로 유명하다. 대학생 극단 '바라카'를 조직, 연극의 보급, 고전극 부활에 힘썼다. 극작으로 《피의 혼례》《베르나르다 알바의 집》 등이 있다.

질문의 책_파블로 네루다

새장에 갇힌 새_마야 안젤루